世界是野獸的

楊莉敏

目次

卷三 不散

〔推薦序〕

野獸般的雙生精靈——楊莉敏的散文進化

周芬伶

好幾年前她寫一個同學從就讀的大學九樓躍下自殺，寫得非常冷靜，隔一年，我的學生也從那裡跳死，那幾年我們都在巨大的死亡陰影中，各自逃生，她的書寫從冷靜中開展一系列野獸書寫。

有些人天生就會寫，很早就自成一格，本能地直探原始與人性底層，這樣的寫作者，通常不需要老師，也不需要人親近，如此冷情，我見她的次數寥寥可數，但在我心中學生的才氣有個排序，她一直在很前面，卻寫得很慢，第一本書比我還晚，都三十有餘了。

莉敏很瘦小，最瘦時只有三十幾公斤，像個沒發育好的中學生，她的瘦是漸進式的，只因胃口越來越小，一年瘦一公斤，大學到研究所畢業瘦八公斤，她吃全素，而且只吃家裡種的菜，因此自然地變成現代隱士，連出門都懶。這個很難養很難活的人，寫的當然極少，也不會迎合市場而寫，然而那隻筆彷彿有電光石火，輕輕啪一下就自燃。

她是我的論文指導生，卻從未打過手機找我或約見面談論文，逼得我常用手機或臉書追人，問她原因，她說：「因為我怕你逼我寫文章。」沒想到我在學生的印象中如此壓霸？我會注意特別會寫的學生，但不會逼他們寫文章，更何況好文章不用逼，自己會想辦法寫出來，在這方面她跟包子（包冠涵）很像，怕見人怕看到老師，面對這樣的學生，我只有盡量不出聲不見面，讓他們當他們自己，完全放任。

離開東海多年，已成失聯的狀況，她考上公務員，無法想像她當ＯＬ的狀況，在一堆婆婆媽媽中送公文，蓋印章，然而有一種人，會自動產生分身或異名者，混在人群中當空氣人，另有一個自我冷視世態，在暗夜中不停書寫。

雙生或並生是她文章中的主要意象，也是她生命的存在樣貌，不是雙面薇若妮卡或納西瑟斯的水仙癖，而是人與獸，女人與女孩的並生，或是轉換。

她具有七年級世代的共同特質，同時具有她自己的獨特性，共同的是文青與憤青的揉合體，是太陽花般的熱血與自覺，關懷弱勢、喜愛動物、生活有品味：她自己沉默寡言，害怕人群與社交，在清水老家養貓摘食自家菜園的菜，過著接近隱者的生活。

一直到出書，我們才仿如初識般在臉書上將那條斷線連結，且有了較長的對話。並藉此回顧她長達八、九年的散文創作。

凡事疏離的莉敏，在二十三歲就拿到聯合報散文首獎，那篇得獎作品〈看太陽的方式〉，還曾經被抄襲：

遠方的沉重雲層很朦朧地透出陽光，原本深藍的天空開始滲出粉橘的色澤，我被洶湧的海浪靜靜地推向太陽升起的邊界。常常看不到太陽，也不知道緩慢的逐日方式會不會因為日照過少而不適生存，但是我不要劇烈而直接的光線曝曬，也不要大步大步、無法遲疑的陸上追逐。腐敗的病菌在海底釋放出來，沒有人在意，也不會變成汙染源，它們是養分，在包圍著我。我在做追尋的習題，於是每天都是一種練習，每天都渴望得到陽光而自我進化，雖然常常一切都很平靜，一切都沒有發生。但是健行的稀疏人群此刻開始從我的身後超越而去，每天從黑暗裡甦醒，然後朝著日出的方向，一點點地重複、修改逐日的練習，我們安靜地走，偶爾停頓，我們想以此度日。

她的文字乾淨，看似簡淡，其實爽利到令人發寒，描寫孩童之孤寂、校園之暴力、社會之殘酷，隱約而閃動著性靈光芒。描寫一個在學校受到排擠的女孩，第一節「日食觀測」，寫的是老師要同學去看日食。被視為怪咖不合群分子，她常在被罰站時觀看麻雀遊戲，她不喜歡日食，喜歡完整的太陽。第二節「拋物線」，寫的是老師帶同學玩發射火箭的遊戲，並勸告她不要與處在「畜牲道」的同學往來，當然，她也被視為畜牲中人，當同學的水砲往太陽投擲時，看似接近，其實沒有，當她投擲時，水砲拋出完美的拋物線，她覺得她射中太陽。第三節「海底日照量」，女孩到了海邊，想近些看太陽，卻一步步往海裡走，她想得到真正的陽光，重新生長一次，或者得到自我進化的機會。

看似有點殘酷，卻饒富詩意與深意，「太陽」在這裡作為光明、自我進化的象徵，每個人都想追求光明，卻很少注意到那長期處在黑暗中的人，他們或許個性獨特、有先天之不足、或害怕團體生活……因而自卑被打入「畜牲道」，偏偏作者是喜歡畜牲的人，她極愛小動物，許多流浪動物都會自動粘上她，她養著牠們，更認同牠們，有時動物比我們還有靈性。這篇文章的主旨也就是「用不同的眼光看世界」。

分節的方式造成節奏感，一段比一段深入且哀傷，令人想到是枝裕和的《無人知曉的夏日清晨》，一個女孩不見了，環境的殘暴一點一點吞蝕她，她卻覺得自己照老師的話看太陽，以此達到自我進化。

一個無法融入正常體制中的小孩（裡面的我通常停留在小孩），正常的我與逸出現實的小孩幻影同時存在，如同〈The Double〉中的我與小傢伙，小傢伙或者是作者的另一投影，有時她是醜醜笨拙的幼童，有時是被性侵的女孩，有時是在海邊用美工刀自殺的少女……。我所期望看到的統一、和解、溫暖，最後總是落空。

只有在〈離開你是因為我愛你〉中，不喜歡說話，每天關在家裡的叔叔，過著與世隔絕的生活，讓祖母非常擔心，在祖母死後，他走出家門到菜園中種菜，看到人也會對答，每天送菜給親人，有時送花供佛，「愛的力量好像在以離開的方式，發生在小叔叔身上，既是末日，也是重生。」在日本三一一地震後，經歷奶奶與叔叔的事件，她的胃被叔叔的菜與愛綁住了，不再吃外面的食物。這時的莉敏變得童真、明亮、溫暖，我喜歡這樣的改變。

現在莉敏神隱在清水老家，養了一隻跟我家芙羅拉很像的貓，每當有流浪貓向她撒嬌，她就被賴上了，叔叔的菜園國滋養她，她則滋養野貓國。

本書的代表作〈世界是野獸的〉，得時報文學獎首獎，這篇文字特別平靜，卻有著怪異與變態的氣息，文分五段，分別寫愛冶遊的父親、常來露出性器的長輩、母獸（吃貓子的母貓）、夢見自己的車子後車廂有具屍體、祖母死後她發現自己的手老去，像獸足，從周身的野獸，發現自己漸漸成為野獸，這發現的過程如此驚悚，像是當頭棒喝：

而曾經握過柔軟的掌的我的手，卻在奶奶死後開始變得乾枯冰冷，彷彿在代替著奶奶，在這世上繼續活著、繼續年老。奶奶未曾老化的手，在我的掌心重新衰老一次，我們重頭來過，奶奶，那樣溫暖柔軟的手是不行的，因為這個世界是野獸的，看似人模人樣，卻要生出獸足才行。於是我也這般人樣，擁有一雙日漸粗劣的獸掌，從甜膩的舊日童年泥沼裡奮力躍出，踩進成人世界所鋪設的人工產業道路裡，然後拔足狂奔，不斷上演一場又一場相互追逐、吞噬彼此的無聊遊戲，從此以後只為生存、滿懷獸心地隨順這世俗的一切。

人確實有其衣冠禽獸的一面，然總是帶著各種虛假的面具，作者以孩童似的純真指出國王新衣的假象，成人是否是變為獸的過程？菩薩心腸的莉敏有時犀利誠實地讓人害怕！她的超高的自覺與良知，像照妖境般，讓人無所遁形，這樣的才性讓我想到芥川龍之芥與柯慈，他們不只是人道主義者，還是揭露人性的高手，一個時代有這樣的作家，會讓我們靈魂清醒。

近期的〈不散〉獲林榮三散文首獎，這個三冠王很會拿獎，會拿獎就代表很會寫嗎？只能說獎緣深的有兩種，一是寫手，一是天生，〈不散〉是她作品較弱的一篇，我並不覺得特別好，想是無法遮掩的獨特筆路，也可說是一種天生的才性，很容易被看見，這一點跟包子也是相像，他們越隨與自然的作品，越是超拔。

莉敏的人性觀在悲觀中有著絕望，在達爾文進化論之前，人在神下卻緊臨神；之後人為獸化，趨近於獸。現代小說多有獸性的描寫，散文則不能，頂多是沉淪與發瘋，新世代散文作者，勇於面對獸性與逆倫的一面，莉敏著重人成獸的過程，成人化即野獸化，讓她只有不斷退縮，以保有最後的童真，因此她描寫的自我常停滯在童年，看似純真，其實是消極退縮的；而莫澄認為人在失去清明時即是獸身，只有清明才會回返人身，因此她看似消極，其實積極，他們各自寫了當代人的野獸狀態，邪惡但真實，當神遠去，神聖性蕩然無存，我們僅存的將是最後的良知與清明。

〔推薦序〕

歡迎進入楊莉敏的異想世界

宇文正

第一次讀楊莉敏的散文，是在民國九十九年，〈看太陽的方式〉獲得聯合報文學獎散文大獎，孤獨、猶疑在校園霸凌邊緣的少女心情，很撥動我的內心。那年我主編九歌年度散文選，便把這篇選入，歸類在第一輯「成長」。當時楊莉敏還在東海中文碩士班就讀，我便對這個名字留上心。她作品不算多，在七年級世代中，年輕便得到大獎，後續的書寫是緩慢的，七年後，我才拿到這個集子的列印稿，得以完整的閱讀當年那個使我念念不忘，與整個世界格格不入的女孩。

讀著，整個人就在潮濕的霧霾裡了。她第一篇就對讀者預告了：〈濃霧特報〉！這的確不是一本歡快、明媚，或是浪漫的散文集，它有一點沉重，它鬱鬱寡歡，它告訴你濃霧來襲，但是它如此揪心又如此美麗。

整本書主要寫成長，艱難的成長。童年時，出軌、任性的父親，不快樂的母親，出入分子複雜的「家」，一道道陰影，也許鎖住了靈魂，也許分離了魂魄，對於這敏感的少女，這世界處處是陷阱，從幼時的古井、「野獸」「瘋子」充斥的鄰里，危機四伏，大人竟看不見、冷漠以對。

她走進校園，連視線都無處安放，於是瞪視自己的鞋子，〈瞪鞋〉是一幅內向少女的剪影，而即便躲在瞪著鞋子漠視周遭的自我防護泡泡裡，餘光仍清清楚楚感受到了人的階級性。校園是「蒼蠅王」的滋生場域，因為年幼，更加理直氣壯地殘忍，只是在楊莉敏的筆下，為這份殘酷塗上了粉紅色澤，甚至自己，也不時染上了粉紅色，遮蔽透明的心，才能夠安穩地融進世界裡。

重重的陰影，使她一度靠近死亡，也就對死亡有著異於常人的嗅覺，不但周遭親人、鄰居、動物的死亡令她神經過敏，連社會新聞裡的自殺事件，都引動她搧起思緒的黑色翅膀，在靈魂的異域徘徊。

寫小叔叔與祖母的文字是其中最溫暖的。每個家族，似乎總有一兩顆受傷、崩潰的靈魂，小叔叔可能就是在不為人知的人生際遇裡綳斷了某根弦，祖母的愛與包容，讓小叔叔存活下來，甚而重生。離群索居的叔叔，埋首種菜，不時為他們一家送菜，「以沉默的愛，餵養我們的純真」。寫叔叔的文字，溫暖中有著深深的憐惜，不是出於親情，而是對受傷者的理解。

就這樣帶著傷痕，她一路顛躓地走到大學、研究所、出社會。人在霧中，更需要步步為營摸索方向。與朋友的聚散，好似妥協世故，對於逸出軌道的朋友，字裡行間其實是在意的；無奈的嘆息中，也帶出了這個世代年輕人的無所適從，尋求心靈安定而不可得的徬徨。這種無能為力，只能淡然，較之少女時安靜的叛逆，對規訓無聲的抵抗，更加令人不忍。

整本散文集敘述的筆調是潮暈的，勾勒的場景也是朦朧的，即使寫傷害，也不血淋淋，她以夢，以悠忽的記憶，以超現實的想像，把讀者帶進詭異的霧中，迷離，憂傷……

歡迎進入楊莉敏的異想世界！

卷一

世界是野獸的

The Double

濃霧特報（一）：左手vs.右手

霧真的大起來的時候，能見度不到兩百公尺。通常這時要懂得抓緊機車龍頭、緊盯著在自己前方的那輛車，一方面害怕有任何突發狀況，另一方面也是為了不想失去方向，這很重要，方向在人生當中畢竟是一件重要的事情。

早晨七點多，從中棲路到中港路那段，從四面八方逸出來的摩托車大概就像在許多公園的魚池裡灑一把飼料那樣，蜂擁而至的盛況是恨不得游在前一隻魚的背上，將牠擠到水面之下去搶食那幾秒之間就會泡爛的飼料。有那麼飢餓嗎？但很顯然，這幾百條摩托車魚也往往在這段時間、這個路段，也不知道是有意識還是無意識，每條摩托車都必須不斷地超越前者或被後者超越，藉由超越與被超越的循環過程來抵達目的地，這裡唯一不同於魚池生態的是：魚群會有從天而降的飼料，可是摩托車魚沒有。不誇張，霧濃起來的時候可以摸得到它，因為它就會凝結在安全帽的鏡片上，必須用手擦一擦，讓視線清楚了好繼續往前進。什麼感覺？濕濕的，跟水沒兩樣。所以濃霧裡騎車更感到自己是一條游在髒亂水裡的魚，又濕又冷，而且很髒，同時還很寂靜，魚應該不會對話，摩托車也不會，沒有對話的世界就是個寂靜的世界。那麼對話在哪裡呢？在便利商店買咖啡的時候，在課堂上老師問問題需要回答的時候，如果這種對話可以算是對話的話。如此，我的生活就還不至於是寂靜的程度。

通常這種大霧都要等到太陽出來後才會漸漸消散，這時候小傢伙就會出現。因為小傢伙喜歡太陽，所以她會出現在教室門口、陽光照射得到的地方。

總是課進行至三分之一左右，我好不容易逐漸開始專注於現實中老師的話語裡時，在我的餘光、在我的眼睛世界的小小角落裡，小傢伙便會不知覺地從我的影子裡頭浮出來，然後開始寂靜地活動。

有幾齣戲碼她會輪流上演給我看，順序則不太一定。今天的小傢伙依然是六歲的模樣，左眼好像被人著實地用力揍了一拳似的，腫腫的，變成難看的大小眼，時間的設定大概是在幼稚園的午覺時光。她一個人被留在走廊上練習算數，是春天，還有田裡面很常見的那種白色蝴蝶從她的頭上飛過，但是小傢伙正在被數字困擾著，根本不會去注意到那隻蝴蝶所帶來的關於宇宙的訊息，當然也不會知道要變成那樣一隻會飛的蝶是需要經過「完全變態」的過程，也不知道蝴蝶的眼睛有「複眼」這種東西，跟她的大小眼看出去的世界不太一樣。這些她都不知道，只是對於數字一直很單純地苦惱下去。接著老師就走過來打了她的手一下，要她把鉛筆換到右手寫，因為小傢伙是左撇子，做什麼事情都用左手，這當然包括吃飯，所以在學校被規定要用右手吃飯的結果就是會比別人慢很多，一直吃到大家睡午覺了，還是一個人自己繼續坐在教室裡，直到把飯吃完，因為老師規定不可以浪費食物，也規定小傢伙要用右手寫字和拿筷子，這是個「右手勝利」的世界。小傢伙當然也不懂這些，還是繼續苦惱跟數字奮戰。

午休結束，老師叫了一個在班上很聰明、算數很好的男生來教小傢伙，不過資優男孩好像沒什麼耐性，受不了小傢伙一直聽不懂，在罵了她大概一百次的「白痴」之後，資優男孩就直接告訴她答案，要她照抄，然後轉身揚長而去，帥氣地下台。小傢伙也不生氣，還跟男孩說了一聲他根本聽不到的「謝謝」，只是那一瞬間她突然感到很寂寞，也很想哭，可是又不能哭，因為這樣會更醜、更討人厭……

「真是蠢到家了」，我把頭轉開，繼續冷漠地回到現實的課堂上。

濃霧特報（二）：族類的遊戲

早上騎車到學校的途中，不曉得是霧的關係還是所謂命運，在剛彎進中港路的時候，有一台黑色轎車撞了一隻黑狗。

就在我的後方，我沒看見，但是我聽到了。我聽到那非常扎實的撞擊聲，甚至聽見了內臟遭到強烈撞擊、碎裂而出的聲音，幾乎沒有什麼慘叫聲，牠就當場嚥氣死亡。我停都沒停下來，不敢看，將把手加速往前直去，然而全部腦子裡都是在擔心那樣強烈的撞擊之下黑狗的靈魂會不會也跟著碎裂，像內臟一樣各自散逸了？覺得很悲慘，因為無論如何，靈魂跟靈魂之間都不可以分開。

到達學校，霧還是濃濃一片，迷迷茫茫，像一窪人工飼養卻沒有馬達抽動的魚池。我感覺憤怒，對於自我的存在與生活樣式，突然有著前所未有的荒謬與懷疑，那一刻我彷彿忘卻了黏附於生存裡的動機，不知道該跟尋什麼指示去決定我下一步的動作，我呆在原地很久，才突然想起我的背包裡放著邱妙津的日記，所以我只好蹺課，走去圖書館。

「三島的渴望死是因為『從沒真實地存在過』，毛姆說他一生都像『在另一個地方觀看著自己在一座海市蜃樓裡演出』，我不知我們這群族類為什麼會這樣，但卻只有當我和他們緊緊貼著心時我才能不寂寞，只有我深深浸溺在他們深窪於一般人的內心世界時才覺得滋潤，所以我也願獻出我的一小窪內心世界，參與這群族類的遊戲。」

——邱妙津

星期六的校園和圖書館都沒有什麼人，很好，我喜歡沒有什麼人的世界，我挑了一個最有可能充滿陽光的靠窗位子坐下來，我希望今天小傢伙能快點出來，雖然我一向不怎麼看她，但是我今天，需要她。

開始思考族類的問題的時候，我的頭部右側隱隱地痛起來，大概是因為不知道自己該屬於哪裡吧。對於自我的感覺永遠像是個附加檔案，好像很重要，由於好奇心不得不打開它，但是又恐懼會不會有病毒感染，至於小傢伙，就是附加的再附加那一類。

這次她離奇地出現在座位旁的走道上，距離我很近，可是小傢伙今天演的情節是我最討厭的一段。

今天的小傢伙看起來真是奇醜無比，身體和臉不知道為什麼多了好幾道傷痕，有的還沒有結痂，眼睛還是一樣腫成一大一小，臉的顏色很奇怪，灰灰的，很像黑白電視裡跑出來的樣子，年齡大約未滿六歲。她正被一個高大的黑色影子牽著走，是影子，很陌生，可是感覺得出來是個中年男子，不為什麼，我就是知道。季節是初秋，稻田裡的穗子都黃得低垂下來的時候，時間的設定也是在下午一兩點，該午睡的時間，小傢伙被那影子用摩托車載著到處亂走，她覺得有點奇怪，但是她小小的腦袋的世界裡還沒有辦法思考出這奇怪的直覺所要傳達給她的訊息，她只是呆呆的，同時有著從來沒有過的不安與恐懼感。不知道為什麼，機車越騎越往荒僻的鄉間小路而去，太陽好大，曬得小傢伙頭昏昏的，摩托車的時速變得好慢。這時候，影子伸出他又大又黑的手，開始在小傢伙的身上亂摸，從衣服外面摸到衣服裡面……小傢伙覺得好慢，機車好慢，風吹得好慢，太陽曬得好慢，那隻手在她身上停留的時間過得好慢，一切都突然，變．得．好．慢．喔。在這樣緩慢的時間的流速裡，下一幕影像已經變成，影子終於載小傢伙回家了，他要走的時候跟小傢伙說：「怎麼沒跟我說謝謝？」，小傢伙還是一樣呆呆的，像個被操弄的腹語娃娃一樣，沒有靈魂地跟影子說了聲：「謝謝……」

大概就是從那個時候開始，小傢伙被撕裂下來，無情地丟棄了。被我。

濃霧特報（三）：這裡是非常非常暴力的世界

晚上六點半騎車回家時竟然也罩著一層霧氣，路況很糟，坑坑洞洞，二十四年來絲毫沒有改變，最慘的是從中港路接到中棲路那段，路燈亮的竟然沒幾盞，空氣裡濕氣混雜夜氣，跟活在臭水溝裡沒兩樣。

變冷了，沒有戴手套的雙手被風刺得很痛，我騎到一家加油站停下來，趁著車子在加滿油的期間把車箱裡的手套拿出來戴上。加油站對過去是山腳下的街道燈景，有幾棵乾枯瘦弱的樹要倒不倒的，杵在那裡當前景，我思索著或許這景色很像一個十九世紀德國的浪漫主義風景畫家的風格，但是下一個瞬間，小傢伙突然出現，就在那幾棵枯樹的中間。我已經不驚訝她這麼做了。

小傢伙這次是十四歲，已經不是六歲時的模樣，變漂亮了，外表沒有任何的傷痕，臉上一派冷漠的表情，戴著一副眼鏡，如果說詩人顧城的帽子是他和這個世界的「邊界」，那麼小傢伙的眼鏡就是她和這個世界最恰當的「距離」，一定要有距離，不然沒有辦法待在那裡，或說這裡，總之是任何一個世界。

十四歲的小傢伙被媽媽載到學校的門口後，她沒有進去，等媽媽離開後，她走到公車站牌去搭通往海邊的車子。這天是畢業旅行的日子，她沒參加，學校規定不參加畢旅的人那幾天還是要去學校自習，她當然不去。她不要去畢業旅行，她不要去學校自習，她要去海邊。

畫面跳到海邊。小傢伙走在堤防上，不知道自己想幹什麼，天空陰沉灰濛，海風一直吹，想把她吹進海裡。她狹隘又瘦小的小小腦袋瓜世界裡，一直想著幾天前導師跟她說不要再跟後段班的以前同學那麼要好，要和現在班上的同學當「好朋友」，她不要，她跟現在班上的人才認識不到三個月，她跟她的好朋友卻是認識兩年了，所以她不要，可是畢業旅行她的好朋友也去了，跟她自己的新認識的班上同學去的。大家都去了，只有小傢伙一個人遠遠地站在遠離世界中心非常非常遙遠的海邊，掏出鉛筆盒裡的美工刀在劃自己的手，美工刀還有點生鏽，粉綠色的。

我的油加滿了，八十塊錢，把發票和找的零錢塞在口袋裡面，發動車子，準備要走了，小傢伙還在那裡劃自己的手。本來我根本不想理她，因為真的是徹底愚．蠢．到．家，我從來不跟她打交道的，因為她跟我沒有任何關係，我一直這麼信仰著。

可是，可是如果讓小傢伙跳進海裡，真的變成一條無關緊要的魚，這個世界也不會因此就有一絲改變的可能性，那麼，我的世界的可能性呢？

喂，小傢伙，《海邊的卡夫卡》裡有一隻叫咪咪的暹羅貓，牠對人類中田先生說過這樣的話：

> 這裡是非常非常暴力的世界。誰都無法逃出暴力。
> 這件事情請你不要忘記，不管多麼小心都不會太過分。

不管對貓或對人都一樣。

妳懂了嗎？這是我活到目前為止認為最有道理的一段話，是一隻貓說的。

濃霧特報（四）：You know I am your wound

我戴上耳機，打開MP4。第一首歌是Slowdive的Dagger……

清晨五點多，天色還很暗，但是已經有人走在爬山的小徑上了，早晨的風味道很好聞，可是冰冷異常，我將外套的拉鍊拉到脖子上，雙手插在口袋裡，是戰鬥的姿勢和戰鬥的表情，我也開始走上爬山的路徑裡去了。

聽人說要訓練意志力，規律的運動是最好的方式。雖然我知道不可能擁有鋼鐵般的意志，但是我希望我的意志在必要的時候可以發揮一點作用，為此，我就應該有義務讓意志擁有足夠的耐力去應付任何狀況。

兩旁的民宅都還在安靜地沉睡，很偶爾才會有幾聲狗吠傳來，我低著頭，很有耐心地一步一步維持同樣的速度前進，小傢伙默默地跟在我的後頭走，我依然繼續聽音樂：

You know I am your dagger

You know I am your wound

I thought I heard you whisper

It happens all the time...

今天的她仍然是未滿六歲的小傢伙，安靜地跟我的影子走在一起，我則是跟Slowdive走在一起。想想，她是在我十九歲那年開始出現，到現在也差不多經過五年了，一直跟著我，到底想怎麼樣呢？我已經很努力地在維持正常的一切了，正常地吃飯、正常地睡覺、正常地念書，一個所謂「正常的人生道路」，有正常的喜怒哀樂的那種。這所有的「正常」全都在指向同一個且是唯一的目標：好好活下去。就這麼簡單，就不過是這樣而已，然而小傢伙的出現與存在卻是一直在背反這「一切正常」，我甚至不敢想像她想要將我帶往哪裡。

風可以繼續冰冷，全世界可以持續歪斜，可是我不能，我不能逸出常軌消散而去。妳可以明白嗎？小傢伙，我希望妳明白，明白我是付出了全部的心力在這個世界上維持住我們倆的存在，就算是極其渺小又微不足道的存在，我還是會努力，因為要努力才可以活著，要這種程度才行。

小傢伙的腳步停了，第一次，她抬起頭來看我。我凝視她，她凝視我，地球、時間繼續轉動。

她似乎不想前進了，好像明白很多，又好像什麼都不明白，並且，她沒有哭。兩隻小腳開始踩著隱沒的步伐，轉身邁向更荒蕪的世界準備要去流浪，終於要離開了，遠遠離開。她最終要扯斷最後的連結，回到屬於她的深深黑暗裡。

但是，我竟然伸出手了，朝她。「牽著我走吧，如果妳不是很在意我的手上也有疤的話……」

她的手握著我的手，我的手握著她的手，安靜地走著，想要穿越這個黎明，或是往後的無數個黎明。雖然還不到擁抱的程度，但是我想，如果小傢伙可以因為我而選擇不再哭泣，那我又為什麼不能選擇「牽她的手」呢？如果這真的是個暴力與錯亂的世界，那麼我所擁有的「全部」，就是這個小傢伙而已。她就是我，也是全部，即是宇宙。

於是疤痕與疤痕重疊的那一刻，我們便開始同行了。

本文獲第二十六屆中興湖文學獎散文組首獎

沒有名字的怪物

1. 少年MIT

我不喜歡去北部。

在這種號稱全球化時代的消費型態社會的寓言背景裡，講我不喜歡去北部這種話，顯得自己不合時宜且容易有假文青的幼稚孤僻嫌疑，但是，我還是要理直氣壯地聲明這句話。

尤其，在那個少年掉落月台之後，或是，換個說法，在那個少年跳進鐵軌之後，我就從理智面到不理智面、意識層到潛意識層，都要說，我不喜歡去北部。任何事情都可以或值得換個說法看看，但是這句話，我不要。我不喜歡去北部，我堅持。

堅持的事通常都是費解，白話點就是無聊，甚至無理取鬧。新聞已然是消費品，在現代。我看過，每一則包裹了公理正義的社會新聞，電視、報紙、網路，每一則我看過去，就過去了，不會在我患有社會正義冷感症的銅牆鐵壁靈魂裡，留下什麼痕跡，前提是，如果有靈魂的話。有時這種冷漠，自己都覺得可怕，我只是一隻需要資訊的野獸，基於生存，我只是消費，將知識訊息吃進去，拉出來，讓它回歸大自然。不對，沒有大自然了，是社會，新聞所內含的正義，應該要變成有機堆肥，讓社會得以滋養茁壯。可是，包裹於新聞內外的正義，是有機物還是不可燃垃圾？我不知道，無法辨識，無法擬定處理的程序與步驟，只好一律，打包丟掉。

我是獸，我一直這麼以為。

少年的新聞沒有引起太大的關注，報導篇幅短，追蹤報導沒超過兩天，算是草草了事，況且自殺事件容易涉及隱私，追蹤了，也不知道該說些什麼。說不明白。能說的，也不多。明星高中的學生自殺，不是課業壓力太大、校園霸凌，就是青春憂鬱的緣故，可供聯想的原因本來就少，而且報導說了，少年近日的精神情緒狀況不穩定，家人帶他去散心，沒好轉，火車來了，就一臉憂鬱地，跳軌了。很個人、很心理因素的一則社會事件，甚至無關社會、無關正義，自死一直以來似乎只關乎個人，如果每個人自身都意志堅強、精神穩定，這個社會就不會有自殺事件。這種邏輯寫來很簡單。簡單到，我無法解釋，為什麼我會一直記得這則少年事件。

或許是，在少少的幾次北上經驗中，少年跳軌的那個月台，我就去過兩次。因為站名熟悉，所以記了下來。一定是這樣。

月台很長，北部多雨，天空陰霾，南站人又少，只有兩台自動售票機。通過剪票口，走過長長的通道，再走上長長的月台，月台狹窄，很像要去牢房，那麼長，那麼久，彷彿最裡面的那間，才是我的。可是，長長的月台沒有盡頭，找不到牢房，關我的那間。找不到。

那年是傳說中的世界末日年，遲遲不來的末日死亡符號，遠比真實的死亡事件，還要受到更多資源的注目與報導。獸性如我，照理，應該將眼光更多地注視在末日傳說或是凶殺案件上，求索著真兇與真相，如果有的話。那很有趣，也是大眾最感興趣的話題，我應該要消費它、吃下它，而不是一個台灣製造的少年跳進了台灣製造的鐵軌這種無法繼續被茶餘飯後所討論的話題。它無法被日日消費。消費體質的資訊野獸，只會聞一聞，然後不吃它，它無法製造垃圾話題、可供消費，所以，很快會被野獸丟棄。這樣的自殺事件，日日有，年年有，我卻發神經地耿耿於懷。是體質變了？還是其實，我在不自覺地或自覺地，變相消費？

少年跳進鐵軌後，我心裡的野獸，經常不安。不安於，少年新聞所引發的食欲不振消化不良等症狀。因此於是，遲遲不肯，吃下少年。

2. 衛生署

我一直不是很在意，對抗野獸的人是不是該小心自己不要也變成野獸，這件事。倒是理性之眠產生怪獸，這種關於獸的源頭說法我比較有興趣。野獸和怪獸要嚴格說其實並不一樣，不過以理性的對立面而言，牠們沒有什麼差異，不「理性」，所以「一樣」。

少年事件打壞內在野獸的胃口之後，不知怎麼，也沒有理由，我開始尋找起對抗野獸的人。

鐵軌的誘惑並沒有被認為是罪魁禍首。少年新聞很快被遺忘的幾天後，資訊野獸又盯上了另一則新聞：「預防自殺 衛生署擬推賣場木炭上鎖」，不得不說，牠胃口真的是變了。跳軌沒有引起連鎖效應，反倒是那陣子連續幾起的燒炭自殺事件，讓衛生署關心起木炭，認為木炭應採取「非開放式陳列」，買木炭應實施登記制，或是乾脆將木炭上鎖，增加木炭取得途徑之困難度，藉此降低自殺率。這裡似乎有一種簡單模式：野獸是木炭，對抗野獸的人是衛生署，對抗方法為減少木炭的曝光率、避免木炭與人類做直接的接觸。免得木炭禍水，魅惑人心，怎麼死的都不知道。

「挺身對抗野獸的人：衛生署」。看到這裡時，我還以為衛生署所要對抗的敵人，是人們的心理衛生問題，但如果看電影看到接著打出來的字幕是「野獸：木炭領銜主演」，肯定是要失望的。這部一定不好看。

野獸是木炭嗎？衛生署選角的標準我不知道，也沒人明白，照這種規格與拍法，野獸也可以是鐵軌、大樓、刀子，只要自殺手法推陳出新，野獸就可代換成許多東西，不怕沒人要演。只是我很疑惑，衛生署自導自演，不處理衛生問題，卻把片子拍成侵略地球危害人類的木炭怪獸片幹麼？

避重就輕，就是不想去談去看，野獸的真面目。自死的議題與欲望，不屬於公理正義的範疇，沒有人會去舉牌抗議，於親情是不孝，於文學又太矯情，說到底，始終只能歸因於個人因素。新聞的細節，只是充斥著死亡原因的猜測，以及少年自死前的種種行為敘述。常常，沒有人會去追索，甚至結案，給個說法。一切都很無聲。於是，野獸的真身，容易拍不好，並且很難說得清。

我們不說，說了會很殘忍，感覺很好心。世界不說，少年的製造商台灣工廠也不說，說了等於承認衛生有問題，不說，感覺更好心。在說與不說之間，發生了某種傾斜，死亡欲望保密不成，卻滋長得飛快，可是我們拿捏不到一種姿勢與聲道，可以合法又安在地讓死亡的黑色汁液靜靜流出來一點，再一點。身體很僵硬，害怕一放鬆，有黑色的東西會跑出來。不能排放廢水，以免汙染環境。心理衛生，注定只能偷偷舉行自我潔淨儀式，以求自保。廢水既然不能排放，那就內建汙水淨化處理機制，起碼做到排出去的水看來乾淨無毒、清澈自然，像不像總之得三分樣，如此，衛生署就會放水過關。

只是，誰能挺身與野獸為敵？

3. 沒有名字的怪物

我一直在尋找，對抗野獸的方法。

野獸原本只有一頭。自死欲望之獸，陪伴我，跟著我長大。我很念舊，即使知道牠很危險，但成長的歲月如此漫長，始終無法棄養。寂寞的童年，寂寞的小小孩，就算只有一頭可能反噬的野獸作伴，也覺得溫暖熟悉，並且感激。可是我們的關係，禁不起時間的考驗，可能是牠變了，也許是我變了，或者我們都有，總之有一天我發現，牠正在一口一口地吃掉我。

其實我不太計較這些，牠本來就是我的一部分、由我所製造產生，要吃便吃，我不會去干涉過問。只是不知為何，牠開始變得永不饜足，吃東西的速度飛快，超過了我們約定好的界線與分量。我覺得很傷心，我不喜歡牠變得這麼貪婪，更重要的是，我發現這種狀態如果再持續下去，很快地我就會被牠吃光，然後從這個世界上消失。

我不甘心，不甘心被背叛。開始搜尋對抗甚至消滅野獸的方法。

我從新聞的自殺案件裡整理條列野獸們經常的作案手法，然後從各式心理學的知識書籍裡按圖索驥、私自加以命名，以做為我對抗野獸的作戰策略。為了對抗野獸，我用極大的心力培育了另一隻知識欲望之獸，試圖以知識提供的各種定義及命名，馴服那一直以來都沒有名字的野獸。只要對牠加以命名，我就不必害怕，因為牠不再是不可知的。一旦牠可被歸類，我就找得到在其類別之下的對抗方式。偶爾，我感受得到野獸對於我的做法、與牠為敵，發出低吼，覺得心寒，可是我沒有辦法。知識之獸跟我並不親近，但是牠讓我安心，讓我不會距離現實之岸太遠，所以即使與牠在一起很難觸探到生命充滿皺摺的內裡，我仍舊習慣時時與之相依，但不能說是為命。我沒有別的辦法。這樣的知識野獸，當牠沒有緣由地徘徊於少年自殺新聞，卻始終不對少年事件加以解釋進而命名歸檔時，我很慌張憂慮，憂慮牠也要與我為敵。總有一天。

有陣子，老哥跟我很迷日本的一部漫畫《怪物》。我家有三個孩子，老姊的生命重心是愛情，整天忙於與情人間的愛恨情仇，多數不在家。老哥和我，則是屬於不戀愛的人。不戀愛的人，時間總是很多，所以我們喝著啤酒，觀看犯罪影集、討論《怪物》，探索、著迷於異常的瘋狂的心理世界。有次天氣很好，是秋天，老哥買了黑麥啤酒，喝著喝著，一向很少說出什麼灰色語言的老哥，突然說起，以後老了如果沒有家庭的話，他就要存一筆錢，到安樂死合法化的國家去安樂死。我說這是個好主意，如此一來，我們工作賺錢就有兩個動力：幫爸媽買一棟房子、存錢去安樂死。

老哥大概不知道，他這句玩笑話，以極抽象且難以明白的方式，給了我力量，馴服了蠢蠢欲動的自死之獸。死亡的欲望，沒有消除，只是從朦朦朧朧的側面，慢慢地、再慢慢地朝著我轉到了正面，我得以正視，而不再窺探不安。從前是只求一死，而現在則是想要好死，一死與好死似乎差別不大，橫豎都是想死，而想死，是一種社會禁忌。以禁忌來說，無論是以獸制獸，還是以死制死，都像是在飲酖止渴，或養虎為患，終究會被死亡拖進去。但是，死亡被往後延了，這算是另類的好消息。

《沒有名字的怪物》是漫畫《怪物》的周邊商品，出版社將漫畫情節裡的幾則兒童繪本故事，另外編輯成冊出版。怪物原本只有一隻，為了尋找名字，分裂為二，一個往東一個往西，最後，有找到名字的那隻，把沒有名字的怪物給吃掉了。質感很糟，只是將原來的漫畫格子放大一點、加點顏色而已，根本不是繪本，純粹只是出版社想再多賺一筆。原本的怪物故事被獨立出來之後，反而失去魅力，無論是往東走還是往西走的怪物，都被當成商品消費著，變得平板乏味。

所以，知識之獸失望極了，因為消費品無法傳達，無法向死亡之獸傳達：其實，我們是雙生，不是仇敵。知識想與死亡相認，可是我不肯，死亡太危險。因為，我不再是沒有名字的怪物了。

我有名字。所以，我把死亡吃掉了。從此以後要過著幸福快樂的日子。

高度進化

1. 請上鎖販賣

「預防自殺——衛生署推賣場木炭上鎖」。我在便利商店等咖啡的時候，櫃檯上的報紙有著這行標題，買那份報紙的人夾著一包香菸結帳後，悠哉地走了。

還真是悠哉。咖啡還沒好，陽光卻從玻璃門透進來了，我還以為會一直是陰天，舉起右手，有一條極小極細的疤痕藉由太陽光澤安靜地閃了一下，我無法顯露出訝異，假裝此刻才發現這個發現，因為在二十幾歲的年輕人腦裡遺忘機制並不發達，並且它不是活物，是個安然的存在。我知道它在。烏雲很快又聚攏，陽光消失，小小疤痕隱匿在便利商店的陰天裡，淡出，退場。我還以為會一直是晴天。

實在不該這樣，自殺行為具有傳遞性與感染性，應該減少曝光與談論，這樣才符合現代社會的衛生標準，這樣才衛生。自殺是不道德的，所以自殺既不道德也不衛生，擁有自殺意願之人應當感到羞恥，自殺者遺族或自殺未遂者家族應被列為潛在犯罪家庭，要在其住處四周牽起黃色封鎖線，上報合法衛生機構前往進行消毒作業。身前遺留世上的毀敗因子須徹底消除，死後靈魂必得下至地獄接受懲罰，這也是依循衛生與健康管理條例所辦理，以保居家整潔與身心之健全。

木炭要被鎖了，不知道要被鎖在哪裡，不過我想應該是在店員的後方陳列櫃或是店裡某些有鎖的玻璃櫃裡，如要購買，須經由店員開鎖、拿出消費者指定的數量，然後再謹慎地鎖起來，結帳時仔細查看消費者有無異狀，若有，請仔細與之懇談：珍愛生命，自殺不能解決問題。員工訓練以後應要增加自殺防治的訓練才行。

這則新聞讓你覺得：先進。

2. 第三人稱

關於寫東西這件事，每天早上醒來，都要練習高尚又正格的寫作範式，據說這是戰鬥的真理。

打了通電話跟S說，第三人稱的小說寫完了，可是很糟，所以又全部刪掉了，一個字都不剩。我需要聊聊「我」與「他」之間的問題，我沒有辦法用「他」來完整記述「我」真正想要表達的東西，我想這確實是個問題。

就從夢開始吧，S說。那是在我家的浴室，當然，整個夢的色調是暗色系的，我知道是白天，但是很暗。似乎沒有人在，但是有聽到客廳裡那台舊舊的電風扇在轉的聲音，應該是夏天，卻沒有人，我的夢裡一向沒有別人。很平靜，而且沒有那個過程，畫面切入我在家裡浴室的那幕時，手腕已經被劃開了，但是位置跟現實中的不同，是真的想結束的那個位置被劃了幾刀，血的印象不知道為什麼不是很鮮明，感受最強烈的反而是力量一點一點地流失、夾雜視線越來越暗的那種，離世的失去意識之感，我覺得恐懼，那種意識正在逐漸喪失的時間感。後來呢？沒有後來了。

自殺者的世界，通常沒有其他的存在，只有自己，自己的痛苦。自尋死路的人，應該是自私至極的了，S如此說。我同意，但是我覺得只有痛苦而已，自己，早就沒有了。當然有，沒有自己，怎麼感到痛苦？只是自己脹得太大了，遮住了其他的東西。

太巨大的我，塞住了自己的世界。這個我，那個我，大大的我，滿滿的我，不斷的「我我我」，霸道地遮蔽了其他事物的存在。於是太多的我，令人目盲、耳聾、口爽，令人心發狂。「我」應該要被禁止書寫，停止傳播，以避免過於逼視自己、無視於他人而產生的心理病變，諸如憂鬱、孤獨過於發達所併發的種種妄想。解決掉過度發展的「我」，人生就會出現彩虹。就像木炭一樣，只要不容易取得，就可以減少自毀的情況發生。

第三人稱或許是個好的治療方法，寫「他」的故事、寫「某某某」的生命情景、寫ＡＢ或Ｃ的人生困境，只要書寫他人，自己彷彿就開闊了，別的人別的事物也可以存在，危險自然降低，因為保持距離，以策安全。將「我」經由藝術手法轉化成作品層次與他人層次，如此「我」就能避免掉可能的道德疑慮與價值狹隘等問題，「我」消失了，會生存得更好，第三人稱才是客觀真理的存在，沒有偏見、沒有自溺，更沒有不公不義，於文學、於社會、於人類之生命，都是一條正知正見的坦途，這才是標準範式。

不要那麼在意自己，不要去看自己，如果可以，也最好不要再寫自己了。越寫，妳就越看見那個扭曲陰鬱的自己，越寫，妳就越是在傷害自己。不要再看了，不要寫，不要去碰，不要去碰那個「我」。

S，如果有一天「我」真的被上鎖販賣了，記得要來讀「我」。因為我不能沒有「我」。

3. 截彎取直

一直到很大了之後，我才曉得並不是每個人從小就常碰到瘋子，還是瘋子會突然闖進家裡，抑或直接隔壁鄰居就是個瘋子，然後進而又了解，也不是每個小女生都會被變態騷擾，我不曉得，我一直以為每一個人都有類似的經驗，直至長大到足以與人談心的程度時，我才知道也是有人是在非常「正常」的環境下一路生長過來的，被保護得沒有奇怪的人可以碰得到。成長路充滿無知的我，不得不對這個發現感到驚奇。小時候搞不清楚，覺得就是一堆可怕瘋子與非人的怪物，覺得「牠們」在伺機而動想把我抓走，念書懂事後才明白他們不是瘋子與怪物，他們具有精神疾患、性倒錯，當然，他們也都跟我一樣是「人」，就這樣，知識與書本給了我不少的安慰。

爺爺很不喜歡這個地理位置，他說住在廟的附近都會精神有問題，不是家庭破碎就是發瘋，一輩子都不會發達。

我家的巷子很窄，彎彎的，車子一般都進不來，這條巷子剛好就位在廟的旁邊。巷子本來住了滿多戶人家，但是隨著我年齡的增加，瘋子老的老、死的死，有的不知所終，加上大家賺了錢後紛紛離開這裡的破舊平房，搬到其他新一點的房子，轉眼間，等到我長到終於具備自我防衛機制的階段時，其實巷子已經沒有什麼人居住了，環境的危險因子隨著平房的被棄置拆除而無聲無息地消失了，因為沒有人，也就沒有危險。

最後搬走的那戶家庭，因為家裡有兩個正值青春的女兒，每次放學回家時，一定得經過那家可怕的魔窟。那魔窟本來也是住著一家四口，因為母親受不了男方的暴力行為，有一天悄悄帶著兩個小孩逃走了，再也沒有回來。後來有一陣子那個暴力男不知道到哪裡去，他家被一群莫名其妙的吸毒者給占據，導致那兩個女兒每次經過時都要以最快最快的速度疾行而過，深怕只要慢一點就會被拉進那個魔窟裡，所以，為了女兒們的安全，他們也搬走了。警察來了幾次後，魔窟居然就淨空了，暴力男填補空缺似地又重新出現，回來住在那裡。

有人擔憂她們的青春正盛，而我的青春卻似乎一文不值，不需要多加操心或看顧，反正自己會自動長好。不能養在溫室，有挫折和傷害才會長得更強壯，這是高度進化的理論，一切都是自動的。

典型的PTSD症狀，有的可以潛伏十幾年才發病，因為將那段記憶完全移除了，直到某一事件因子的觸發，記憶回返，才會意識到創傷的存在。那些傷口與記憶，自此以後將不斷地重複與回返。

我很難選擇，是幼兒時期沒被保護好的創傷，還是傷口不被世界承認的創傷，究竟是哪個比較離奇，或許我根本也不用操這個心，因為對很多人而言這是不重要也不想讓它存在的。它有問題，它很羞恥，擁有它的人，肯定是個瘋子。

我開始想要把巷子給拉直，巷子直了，我的人生也會變成一條直直、沒有任何歪斜的道路。於是當記憶回返後，我在手上劃了幾條線，很輕。

那時候的疤還在嗎？S問。我用了很多美白產品，已經變得很小很淺了，幾乎沒有人會注意到。妳為什麼要傷害自己？因為我要冷靜。為什麼想死？我不想啊，我一點都不想死。既然不想死，為何要傷害妳自己？因為想要活著，因為不冷靜下來就會發瘋。萬一死了怎麼辦？不會死啊，我又不想死，不可能會死。當然會，是「行為」會讓妳死，不管妳想不想，S大吼。

我想要好好活著，可是行為，卻一直在重演那些傷害的傷害。截彎取直，好像只能適用疏通河道，於我，卻是一條死路。這是我拚死命才得到的，常人邏輯的結論。

4. 盲眼烏鴉

「秋天就這樣來到我們心中，
一如無聲無息的弔唁來臨一般，
白色冷笑的秋陽逐漸昏暗，
盲眼烏鴉在枝頭此起彼落地啼叫。」

——大手拓次

M去到蘭嶼的那個夏天，寄來了一張明信片，一張滿滿的豐收的飛魚，在背面，M用藍色原子筆畫了一個「→」，意思是出走之意，說蘭嶼很適合我。

收到飛魚時，我正在寫一個短篇，叫做〈盲眼烏鴉〉，大約過了兩年後，我又寫了一次一樣的題目，所以，我有兩篇名叫「盲眼烏鴉」的小說。這個篇名的靈感來自於土屋隆夫的小說《盲目的烏鴉》，而這個小說名稱又是土屋隆夫借用大手拓次的詩作〈盲目的烏鴉〉而來，詩人失明的殘疾與處境的孤絕，全都化成在秋陽枝頭上啼叫的盲眼烏鴉。

總之，這隻視力不好、眼睛不太健全的烏鴉，經由文字，從象徵派詩人到推理小說家、從日文到中文，飛來了這座孤島，飛進了我僵直又不通風的小小窗口。至於飛魚，也有一個極短篇，內容是一位嗜吃眼淚的偏食症病人去看病，醫生開給他的藥是早晨飛魚上的露水，飛魚會治好所有情緒機制的失衡，那篇剛好也叫「高度進化」。不曉得M是不是記得我寫的這篇，才會從蘭嶼寄飛魚給我？

M飛呀飛，帶著相機，又去過了日本、德國與英國，「我現在好想讀中文小說或詩，一直想起哀傷的詩」有一天還在歐洲的M這麼寫著。不習慣表達哀傷的M，總是用鏡頭才能傳遞真實的情緒，那些狂風中的樹群、老舊傾頹的房屋、無人佇立的蜿蜒小徑，是景物照片，也是M的內在風景。不擅於情感與言語的我們，終究還是選擇跟世界做了妥協，做出了表達與溝通的動作，M選擇了相機，而我，毫無道理地，想選那隻盲眼烏鴉。

M，沒有烏鴉，怎麼會有飛魚？

盲眼烏鴉來了之後，那些創傷的回返原因不明地變得不再那麼劇烈。

經過多年，當我又在一個喪禮上看到那位以精神醫學的知識而言，患有性倒錯而做出猥褻女童動作的行為犯時，我並沒有想殺了他，當然，也沒有想殺了自己，我長到這麼大的反應竟然是：我不知道該要誰去死。聽說是年紀大了，並沒有再犯，怎麼說，他看起來就是比正常人再稍微不正常一點點。那是多麼久遠以前的事，我甚至還在不認得一個字的學齡前階段，然而史前時代的危險與傷害，看樣子是不會完結了，它存活於現在，也許還有未來。可是它卻召來了一隻盲眼的烏鴉，給了我自由，黑色的自由，失敗者式的飛翔的那種自由，徘徊於死亡而越過了定罪上鎖的界限。死亡的風景不是木炭，是那隻盲眼烏鴉，牠活生生地飛了進來，動態的，繞成生命的曲線。生命無法被上鎖，也不能被販賣，死亡也是。

而我是安全的，於此在。

世界是野獸的

1. 樂園

小的時候，父親經常不在。

因此，野獸跑了進來，偽裝成人的模樣。

家裡的門總是不鎖。浪蕩子性格的父親，不太有責任感，開過舞廳，後來又迷上六合彩，喜歡四處求明牌。民間有個說法，說是尚未識字的孩童報的明牌極其神準，所以家裡的出入分子頗為複雜，甚至會有不知從哪裡跑來、根本不認識的父親「友人」獨自載我出去，希望能夠從我的童稚言行裡頭領略到獨家明牌。現在回想起，那是很驚恐的經驗，但是安靜的孩子，通常無人聞問。鄉下地方，總以為人們多是良善且無害的，於是家裡的兩個小女孩，並未被保護的羽翼所覆蓋。

敞開的大門，成為野獸進入樂園的入口，而且不用門票，只要穿上人裝，那般人樣，沒有人會疑心。

父親出去了。父親去釣魚，父親工作。簽明牌，求明牌。父親經常不在。

有個遠房親戚，常來家裡。大人不在時，母親看不見的角落，從口袋裡，他會將寶貝掏出來。展示般，炫耀般，示意孩子們去觸碰他的寶貝，有的人笑鬧躲開了，留下來的乖順的小孩，被馴服地照著指示做，有時碰了，有時抗拒，但不太有用。這場陽具展示被包裝成遊戲的模式，參與的人都是快樂的，沒有人會受到傷害。野獸是愉悅的，小孩也只能是愉悅的。那般人樣，野獸進來了，野獸走了，門一直鎖不了。

夜裡無端哭鬧，夜裡驚醒，父母俗信地認為是受到無形的驚嚇，用一袋米，按下手、按下腳印，一遍又一遍地拿去神明壇收驚。不知道是怎麼回事，只能一直哭，一直哭。

多少年後，我才知道，世界是野獸的。

2. 母獸

緊閉嘴巴，摀住雙眼，可以錯覺自己正在穿越的是一條長長的幽冥之路，但很遺憾，路結結實實地長在熱烈的人間世裡，萬里無雲。

時當正午，我提著一袋冰淇淋彎進巷子，想沿著陰涼處走，可是沒有陰影。路依舊彎曲，但世界已然變得敞亮泛白，太白，以至於事物的輪廓看起來毛毛的，不真確，我沒有辦法想像會有任何靈魂或鬼影存在於那裡。一隻貓從旁竄了出來，示現於我面前，是熟面孔阿花，牠經常在我家附近出沒，偶爾我會餵牠、跟牠說話，但是自從阿花在我面前第一次吃掉自己生的小貓，然後又再第二次吃掉自己生的小貓並且把小頭顱叼放在我家台階時，我想，我是有些承受不住了。自此以後，我只會趁阿花不在時，將食物放在一固定的地方，盡量避免跟牠碰到面，我不能明白，上網去搜尋諸多有關母貓吃小孩的種種揣測與原因，我還是過不去這關。

有缺陷而活不久的孩子，是注定要被母獸吃掉的。

尚未識字的史前時代，父親曾經開過一家舞廳，大家都說他與那位合夥的女人有一腿，可是母親不信。家裡的三個小孩都去過那裡，可是不好玩，酒舔起來又辣又苦，音樂聽也聽不懂，年紀稍大的兩個就再也不去了，而身為老么的我即使再不喜歡也要黏在父親的身邊，當時還是那樣的一個年紀。

然後有次就像所有外遇的蠢夫會幹的事情那樣，父親單獨帶上了小孩去到那間舞廳幽會。一樣是熱烈的天氣，剛過中午，舞廳尚未營業，燈沒有開，舞池還沒準備好，人生也還沒有開始。父親把我安置在吧檯那裡，挖了兩球巧克力冰淇淋遞給我，說要去跟阿姨談事情，等我吃完了就回來。吃在嘴裡甜甜的，心裡卻很恐慌，覺得我與父親此次分離，他不會再回來了，而且兩球根本太多，總是這樣，不明白我的食量、不明白該給我吃什麼。太陽位移，冰淇淋融化了，我在吧檯處的地毯上睡著又醒來，父親果然沒有回來。

我捧著那碗冰，尋聲想找到父親，想告訴他又沒吃完，對不起。然後我找到一間有聲音的房間，門虛掩，父親與阿姨在裡面，而我站在外面，繼續端住那碗甜甜的泥沼，我感到自己的雙足漸漸陷下去，被泥沼吃進去，一口一口，被吃進難看的色澤裡，就這樣，完全來不及跟父親說我不想吃，就被深深地吃進去了，連頭顱都不剩。

3. 無垢

由於長期對父親的懷恨在心，終於，我也長成了一個不怎麼樣的大人。

剛踏進辦公室，就聽說又有一個走了，不到一個月，辦公室同事已接連死去兩個，都是意外，死狀沒有很好。初初聽見心裡有些波瀾，但很快地，電腦打開，各式系統打開，趁著電腦暖機先去茶水間倒杯水以免一忙起來又沒水喝，然後全辦公室此起彼落地，開始充滿敲打鍵盤的聲音，瑣碎的充滿，心裡又平靜得跟什麼一樣，迅速地回復成那個面目貧乏的無聊成人。電話響起，微笑應答，死亡輕輕鬆鬆消融在祥和的對話裡，中午用餐時段，討論食物，談起日常，我還是笑得出來，笑得輕易自在，自在一如不必管誰去死。

奶奶死後，很多人都在死。

家裡養的貓死了一隻，姨丈過世，父親罹癌也說自己快死了，大家彷彿相約好，要在這幾年內一次死給我看。我沒有很在意，總感覺不過就是靈魂離開身體去飄盪，他們不要這個身體了，看到路邊野草、田間小花便心不在焉地想：白天陽光烈，他們的靈魂可能正在葉子的背光處歇息；若是陰霾天風大，又疑惑憂慮靈魂恐將被風吹散。雨天炎天，一直這樣想，想得有如行屍走肉。

出社會賺錢不久，父親即開刀切除癌細胞，算是痊癒了，我卻有些失落。術後父親不太能舉重物，原本就懶散的他更有了無須工作的正當理由，我開始得給他固定的零用錢，他嫌少，很常討，不給，就說反正自己再活也沒幾年了。我就會想，乾脆死掉好了。什麼靈魂的，都不再想，只想，為什麼還不死掉。父親越吃越多，經過化療與手術的折磨體重卻不降反增，一直吃一直買一直吃，這樣吃法，使我覺得，靈魂與身體都可以被吃掉，其實。什麼都不必留下。

然而，我一直在瘦下去，以一種自己都無法明瞭的執拗方式。漸漸的，慢慢的，一直瘦，直到每個人看見我都不得不義正詞嚴地說太瘦了要多吃點啊的這種程度為止。吃什麼都覺得沒味道、都不好吃，三天兩頭就噁心反胃，骨頭長出來，背駝下去，乾乾癟癟，像個小老人，一切都彷彿要乾枯消瘦而去。我開始不甚在意誰死誰生，或怎麼個死法，眼淚是許久未滴了，只覺得累，夜裡總無夢，童年的陰霾之獸因此不知所蹤，眼看人生的髒汙與陰影彷彿要隨著父親的癌細胞一併地被切除殆盡般，生命竟突然開始變得無垢潔淨起來，連個鬼影也無。而此後每日全部我所願望的，只是能夠靠著枕頭，沉沉睡去，並且做個鬼影幢幢之夢，這個沒出息的念頭而已。

4. 練習

夢到了世界末日。

夢裡的天色顯得很陰霾，烏雲壓得低低的，沒有風，沒有東西在流動。我卻感覺很乾爽，心裡淡淡的。

我開著車，開出家裡的小巷子，天色好沉，變成黃褐色的。馬路上都沒有其他的車子，連流浪狗或流浪漢一隻都沒有，好奇怪。不知道是誰的屍體躺在後車箱裡，很安全，很自在。

沿路的稻田穗子都很飽滿，開過去是金黃色的，過去了，金黃色，未來的路也還是一大片的金黃。田埂上面的向日葵也是一樣，過去未來都是金黃色的，現在是什麼季節？好像是夏末秋初，我的心情像是在坐旋轉木馬。

好奇怪，好安靜，路標和目的地好像都不重要。一閃一閃的，有一座巨大的旋轉木馬矗立在馬路的正中央，車子必須繞過它才能繼續往前進，越接近它，絢爛的燈光就越多，紅的綠的藍的黃的紫的橘的，一閃一閃，我的心情像是在坐旋轉木馬。屍體躺在後車箱裡，嘴巴貼著封箱膠帶，很靜謐。屍體沒有名字，可是我很無所謂，載著她，一直開往長長的路的盡頭……

我想我該練習做夢。

5. 掌

夏末燠熱，手掌心卻乾枯粗糙，質感似薑似木，不久便開始脫皮。抹麻油擦護手霜擦藥膏皆無用，不見起色，母親納悶，一個只拿過筆的女孩子家的手，怎麼這麼粗皮，怕是不好命。於是每日晨起喝咖啡的習慣另加一匙椰子油，期望脫皮情形會不會好些，或這不符年歲的粗掌就此離我而去。

留下的都不是我所想，已遠離的，尚不清楚輪廓。

身為一隻老貓，胖胖的後腿肌肉終於日漸萎縮無力，患上年老的關節炎，內臟器官也都在衰敗老化，醫師要我們有心理準備。減少活動量的結果，胖胖的獸掌肉墊摸起來竟比我的還要細嫩，家中的活動路線開始為牠重新設計，飼料盤墊高、水杯高腳、低高度睡窩，想看窗外的風景時要抱牠上去，別讓牠跳，真是好命貓，那麼好命，牠還是日漸老去。家裡鎮日靜謐，胖胖本就不甚吵鬧，老了，聲音更是氣若游絲，有時只看見牠的嘴巴一張一闔，並不聽見叫聲，安靜極了。我想連這隻老貓也都要離開我了，再不久。

只要生命都死絕，屬於我的黃金歲月應該就會來了吧，悄然無聲，平靜無紋，沒人進來沒人出去，自然也無生離與死別，就讓我這樣一直待在無菌、只須等待死亡的年老迴圈裡。反正日子那麼太平。

奶奶過世時，我也沒有為她痛哭一場過，連我自己都不知道我是一隻什麼。

也一直都不明白，為何奶奶一生勞碌，掌心卻還是如此溫暖柔嫩，直到要死的前一刻？民間有種說法，聽聞長者在死前若給晚輩們「說好話」，那祝福應驗的力量會特別強，大概是因為這樣，有天奶奶把我和姊姊叫去，說要給我們說好話。那是個風大的冬日，還沒有過舊曆年，我的碩論寫不出來而老姊也失業在家，無用的二人騎著摩托車趕去奶奶家讓她給我們說好話。奶奶坐在一樓，沒有其他人在，她先拉著老姊的手，閉上眼睛，一臉凝重，說姊姊以後會嫁個好人家；輪到我時，奶奶將我的手放在她的掌心裡，祝福我，以後會有個好工作、會好好賺錢孝順父母，然後，奶奶的手心那麼溫柔我都沒能哭，她卻哭了，只是流著淚小小聲地嗚咽，我的嘴角依然笑著，笑得恍如隔世。

那樣溫暖的手，是溫暖的人才會有的。

而曾經握過柔軟的掌的我的手，卻在奶奶死後開始變得乾枯冰冷，彷彿在代替著奶奶，在這世上繼續活著、繼續年老。奶奶未曾老化的手，在我的掌心重新衰老一次，我們從頭來過，奶奶，那樣溫暖柔軟的手是不行的，因為這個世界是野獸的，看似人模人樣，卻要生出獸足才行。於是我也這般人樣，擁有一雙日漸粗劣的獸掌，從甜膩的舊日童年泥沼裡奮力躍出，踩進成人世界所鋪設的人工產業道路裡，然後拔足狂奔，不斷上演一場又一場相互追逐、吞噬彼此的無聊遊戲，從此以後只為生存、滿懷獸心地隨順這世俗的一切。

時至秋日，胖胖漸好，掌肉依舊柔暖。我的手皮蛻盡，新皮尚未長好，遂裸露出赤紅的掌肉，摸上去有些溫度，我不確定，不過似乎不再是人類的手了。於是未來一直來，那麼安穩，而我很快樂。

本文獲第三十八屆時報文學獎散文組首獎

Dagger

初次聽見 Dagger 是在電影《神祕肌膚》裡，男主角搭乘地鐵時從耳機飄散出的配樂。當時我心想，我要把這首歌帶進墳墓裡。

彼時我擁有一台黑色的 MP4，上面還貼了電台司令《In Rainbows》專輯所附贈的貼紙，在智慧型手機尚未流行的年代，我總是在 MP4 裝了滿滿的搖滾樂後帶出門，搭公車、走路，或者上課，我都戴著耳機，不斷地循環播放那些被我視為救贖的曲目。我甚至在心底擅自有了這樣一個小小的願望：有日睜眼起身，世界已然毀滅成基里訶畫作般空無一人的廣場，只餘下雕像與陰影，沒有任何聲響，然而不知從何處竟緩緩播放起 Dagger，我隻身置於這樣的世景，感到無比鬆懈。

厭世是凌駕於一切的。大學畢業典禮的前一晚，我借宿於M住處，一起去買了瓶白酒慶祝荒唐虛晃的四年終於即將結束，窮學生為了打開軟木塞已是折騰半天，好不容易打開來喝下肚後，卻是難喝，更糟的是M喝沒幾口便開始不舒服、全身起酒疹，沒人想再喝下去，那瓶白酒於是悉數進了洗碗槽，原本預期的歡慶氣氛完全沒有出現，早早即上床睡覺去。夜半，M又開始磨牙，窗外下起大雨，心緒煩亂至無法入眠，遂起身去客廳沙發上躺著聽當時才剛買不久的Nirvana《Nevermind》。坦白說沒有很喜歡，不過我還是將整張專輯重複聽了兩三遍，早逝的嗓音，在失眠的夜晚偶爾躁動嘶吼，偶爾低喃吟唱，但我心不在焉，心裡頭抗拒著明天的畢業典禮。

連團體照都沒拍的人，怎麼可能去參加畢業典禮。就連學士服大頭照，都是M趁著空堂，在無人的教室裡幫忙拍的，所以從來沒考慮過要去什麼畢業典禮，大學四年，沒有捨不得，只想趕快分離。但是S與她的男友同屆，所以他們的家人都會來參加典禮，身為S的好友，便被要求等她參加完典禮之時，要與穿著學士服的她合影一張照片，於是乎變得不得不去。

結果隔日大晴，是個路邊出現彩虹也不奇怪的好天氣。一早就與M來到禮堂後方保健室外的椅子上坐著等待，即將畢業的人套著學士服排隊走進去了，拿著花束與禮物的家人過一會兒也進去了，走廊上突然靜悄下來，我與M並無家人特地前來，畢業典禮與我們無關，在此等待，不過是想為友情留下一張照片罷了。通往禮堂的門已經關上，盛事在裡頭展開，偶爾傳來說話聲間雜著掌聲，悶悶的，不太真切，那場祝賀的儀式裡沒有我們。

我與M聊天，看書，等待時間過去。典禮並不長，沒多久那些參與盛典的人便隨即湧出，彼此合影寒暄，互祝前程，S終於出現，身邊圍繞著她的家人，接著她的男友也出現了，同樣是由家人伴著，兩家人似乎要一起去吃飯的樣子。我們只好和S匆匆拍個照後，便各自散了，我和M當時有一起去吃個午餐嗎？好像沒有，因為前一晚的白酒災難，讓我們都沒睡好，早早就回家補眠，就這樣還來不及惶惑哀傷，便宣告大學生涯完結。那時候，S已確定要繼續讀研究所，而我與M，對於未來要走什麼路尚未清楚，唯一有的共識，就是不想再待在學校了，去哪裡都好，不是學校就行。

自由之身，以為只要有了自由從此便無往不利。拿到畢業證書的那天，我去剪了短髮，覺得畢業了應該要給出一個新的自己，又染又剪，換來一顆畢生最短的髮型。然而兩個月後，M應徵到南部的工作，正式成為一個社會新鮮人，S繼續安穩地待在學校做個研究生，我依然還是待業中，三個月、四個月過去，母親生氣了，說要不考軍職，要不就考研究所回學校拿學位，不能什麼都沒打算。於是我很快地便背離在畢業前夕許諾再也不要讀文學的那個自己，乖乖地拿起以前的課本準備研究所考試，簡直毫無廉恥。

我花大量的時間看電影、翻看推理小說，戴起耳機心不在焉地準備考試，拖一天是一天，我是那麼不屑大人為我推算備妥的道路，然而自己心所嚮往的卻時常如埋霧中，看不清前方，就連來時的蹤跡也如同墜入失憶的深谷，竟無從思索探勘起。每日晨起曬衣打掃，等待垃圾車到來，空閒時就讀個一兩個小時的書，但大部分還是在聽搖滾樂當中度過。有日，冬季，讀思想史讀至煩累，打開電視百無聊賴地切換頻道，看到 HBO 正在播放《Brick》，是部帶點黑色幽默的校園偵探電影，男主角憤世嫉俗，不與人吃午餐，總是自己一個人在學校後方的圍牆上吃東西、看書、睡覺，講話飛快，有種刻板印象中在高中生身上不會出現的世故與老練。可能是那種孤獨感讓我覺得很熟悉，每次重播，就每次看完，如此重複看了兩三遍，我於是想，我是喜歡上那個男演員了。

然後就去搜尋男演員所拍過的作品，其中有部就是《神祕肌膚》。當時百視達出租店尚未遷址，還在離家騎車十分鐘可至的距離，想看電影是件很方便的事，看電影與聽搖滾樂的密集度就在重考的這段日子嚴密地建立起來，我一無所求，覺得人生有這兩件事情可做便已足夠。

初冬清晨，霧深，我騎車至監理所準備機車路考。在等待的時候，我突然開始思考我的人生活到現在到底是一個什麼？想不出來，覺得也是可以去死無所謂。霧氣流淌，潮濕的氣息一直向我湧來，似乎就要下雨。雨沒落下，叫號機終於輪到我手上的號碼，結果不能考，說是要間隔七天才能再考。我只是想要考取一張機車駕照來稍稍慰藉我無用又停滯的人生，結果也不可得，什麼都得不到，沒有就是沒有。

可是人生沒那麼簡單結束，崩解總是時時伴隨，所以回途中我只好去百事達租了《神祕肌膚》外加一份麥當勞大薯，就在這種陰鬱清冷又衰事連連的歲月時節，我聽見了 Dagger 這首歌。主角苦苦追尋兒時一段喪失的記憶，疑心自己是遭到外星人綁架以致被消除了記憶，詩意般的電影節奏，抽絲剝繭，不太用力，隨著彷彿懸浮於空中的 Slowdive 配樂，緩緩揭露了被性侵害的創傷歷史。

「創傷是很暴力的」，我第一次知道了這件事，也懵懵懂懂知道了有種叫做創傷的東西會刺你很深。深到你會成為那創傷。

那陣子變得很暴力。

某日，只有我一個人在。有個親戚帶著他的小兒子突然來家裡，說是要看貓，小男孩一直用拍打的方式強行摸貓，一次兩次，相勸不聽，男孩的父親只是在一旁看著，偶爾出聲輕喚兒子動作輕點，到第三次，我就直接朝小男孩的背部踹下去。令我驚訝的，不是那父親沒當場制止或責罵我，而是那男孩被我踹跌了一下，竟立刻站起來回頭瞪我，不哭不鬧。我看著他，他看著我，僵持不下。然後從他的眼神中，我發現了一件事，他是個惡魔，透過他，我施行暴力，萌生了殺意，直到現在。

透過想殺了他這件事，我成為了惡魔本身。直到多年後的今日，我仍然毫無悔意，甚至殺意未減，即使時序倒流，回到見證暴力的現場，我仍會展示那暴力，為了不恐懼，我選擇成為恐懼。被暴力刺進後，向左一轉，疼痛隨即蔓延全身，不久，疼痛便扭曲成無感的狀態，對他人的處境沒有感覺，我不知道這是不是恨，或許我該懼怕我自己。

非人的狀態充滿著誘惑。我走了進去，想要以此擺脫畏縮紛繁的心緒與人生進程，暴力如此輕易與快捷，不必在乎施暴對象的感受，很快就可以得到所願，曾被暴力相待的人，更會知道那是怎樣地具備毀滅與有效性。於是我不加思索地施展暴力，取得絕對的權力階序，讓他停止，就像我想要他做的。倘若當時那小男孩不停止，我勢必會更加暴力，讓他的人生毀掉，或是記憶被恐懼奪取而空白，如同《神祕肌膚》裡的男孩一樣。

賦閒在家的日子，偶爾週日，老哥不用加班的時候，會買瓶啤酒，一起聊聊最近看的電影或是兒時之事。秋涼來得晚，後面空地上的雜草長到人身的高度，掩去了通往鄰居家的小徑，鄰居在幾年前即已搬走，房子空了下來，不久便傾頹荒廢，野草占去了空間，須得穿過叢生蔓草才能看到那裡原來有房子在。這裡是我們兒時的遊樂地，老哥說小的時候他經常一個人待在那裡，揮舞著鐵尺砍斲雜草，將昆蟲或蝴蝶用圖釘釘在地上，然後肢解牠們。直到現在，他依然不能理解，兒時的自己為何要那樣做呢？

我們到底在想什麼？無知的殘酷，有意識的暴力，沒有悔恨，也沒有過得更好。我感到自己被虛懸於空中，找不到著力點，無法用力。

研究所放榜，我考上附近的學校，騎車約半個小時左右。研究所的課不多，一週只有三天，其餘的時間都是待在家裡聽音樂、讀書，偶爾看看電視，生活由於又再次取得了學生身分而暫時穩定下來。閱讀的日子裡，我時常會想起我在那小男孩身上所施展的暴力，每一想起，我便有些害怕，但更多的是一種絕望：原來我沒有成為更好的人。我甚至很少想到小男生被我暴怒地狠踹一腳後，是否會在他的生命裡留下陰影之類的，不太關心，在很大的程度上我只在意我自己。真的很糟糕。

糟透了，尤其山腳下的學區又時常下雨。

梅雨季節遇雨，我總是因為雨突然降下而整個人被包覆起來，心緒直墜谷底，便臨時改變行進路線，不去上課，就近跑去別處躲雨。無論是書局、小吃店，還是住家的騎樓，每逢驟雨躲避，只要一淋到雨，也不管身處何處，便自顧自地哭了起來，更不知為何而哭。失控的眼淚成為我蹺課的理由，在外哭泣，從一開始的羞愧無措，到後來竟有些習慣，邊走邊哭也不覺什麼，人生沒有特別值得心傷之事，然而就只是哭，以為如此便能增添點重量。但哭完了，還是沒有重量，飄然無著，不知該往何方。

這樣的日子，我總覺得沒有盡頭。Slowdive 繼續在我的生活裡重複唱著，主唱的呢喃歌聲有如自深海裡來，隔著一片我所不知的怪異世界，曲折地唱進我的耳朵，於是我一遍一遍聽著，不厭其煩，想知道那片世界裡有著什麼尚未命名、未曾被發現的奇特物種，如果我懂得了，並且加以指認那駭人生物的名字與特徵，我是否就可以穿越迷霧，去到那正常歡快的世界？而這一切終將無以名之的，竟那麼深地存在於我的體內，不知其始。我感到恐懼，但也逐漸有了輪廓與方向。Dagger 是根刺，將我刺進了如夢的迷幻狀態，令我覺察尚未開發的異世界，我必須運用各種策略，才能一點一點，游過那霧中海洋，抓回一些痛感，抵達極有可能是荒蕪的崩景，所謂彼岸。

雨繼續下。馬路對邊撐傘走來一對母女，小女孩手上捧著一小盆植物，小心翼翼，不讓雨淋，有人照護著的幸福。然而，我走了出去，在大雨中騎上摩托車，往學校的方向駛去，不再回頭。

一棵塑膠樹

我一直想要得到自由。

國中時，學校二樓盡頭處有一小室，室內布滿鐵皮書架，長年少有人進去，因此一推開門，陰冷帶有潮濕的霉味便撲面而來。那是國一時的社團活動時間，我莫名地被安排到一個跟寫作有關的社團，第一次社聚，印象中只有四、五位學生，指導老師許是也不知如何度過這漫長時間，便把我們帶到這間小室來。

學校是有圖書館的，但不知為何，這裡卻另有一藏書的空間，平時未開放，指導老師取來鑰匙開門讓我們進去。窗簾沒有拉上，但由於窗戶少且窄，還是有種突然從陽光明媚之處走進黝暗地下室的恍惑之感，等眼睛稍微適應後，發現除窗前排列了幾張簡單桌椅外，其餘空間皆被書架占滿，桌上有燈，架上有書，書本微黃蒙著塵埃。

老師的意思是，社團成績就以讀書心得來編一份刊物，所以大家就各自散了，找書去。架間昏暗，就著微弱光線尋索粗略的分類走走翻翻，其實毫無頭緒，除課本與電視外，我不看任何東西，沒有興趣，沒有建立喜好或品味的能力，被丟置於這樣的圖書小室裡，不免茫然若失。其他人似乎很快就選好書本，陸續坐定，僅餘我一人，於層架裡仍在尋找著什麼，我想我必須要選一本書，才能從這個無所適從的尷尬處境中解脫。

於是毫無策略的我，在古典文學的分類架上拿了《聊齋誌異》，回到窗前書桌，打開檯燈，慢慢讀起來，好度過這一小時的時間。家裡並無書櫃，兄姊皆是漫畫迷，幾乎沒有漫畫以外的讀物，印象中只有一本介紹日本妖怪種類的書被姊姊當成寶貝珍視著，因此看到《聊齋誌異》時，以為也是那樣的妖怪百科書籍。結果沒有插圖，只有本文、翻譯及註解，好像在念課本，一小篇一小篇的，排版模樣無趣得很。在那裡，第一次讀到〈畫皮〉，讀至王生窺見獰鬼將人皮鋪於榻上著妝時，被這奇異的情節吸引，反覆讀了幾次，再抬頭時，一個小時已過去，鐘響，老師不知去向，有人迅速地步出小室，秋日黃昏光影黯淡得快，一室很快便沒在暗影之中，人散去後，不知誰又將其鎖上，書本再次回復到無人閱讀的靜謐狀態。

後來少有機會再去到那間小室，社課時間被挪用於其他課程，原本說要製作的刊物計畫，也因為沒人要定期生產文字而作廢，改成交一篇讀書心得當作個人成績即可，我依然只看課本和電視過日子。時序一路來到國三，實施能力分班，我被分到以升學為導向的班級，開始過著只有課本、自修書與成績排名的生活。我有些適應不良，不想拚名校，早早就選擇推甄上小鎮的公立學校，因此空出半年的時間，讓我又重返那間小室。

學校對待已經有學校讀的學生，基本上是放牛吃草，只要不妨礙其他還在準備考試的學生即可。小室裡的書已開放供人借閱，於是我又憑藉著原生家庭的記憶，找到了芥川龍之介的《地獄變》，母親是虔誠的佛教徒，自小家中就經常充斥著十八層地獄之類的勸世圖說，上頭簡單註解著此生做了什麼壞事，死後就有什麼樣的地獄等著你，母親對地獄的存在深信不疑，因此地獄的風景於我而言是日常且熟稔的。母親擁有地獄的真實，如同《地獄變》的主人公良秀，古怪而偏執，但他們都看見地獄，儘管母親是概念式的、因信仰而看見。某種程度上，他們並不活在現世裡。

我感到很寂寞，因為我沒有地獄。漸漸地，我也生出了古怪的想法。

課室樓梯旁的牆壁釘有四、五個鐵環，供人攀爬至頂樓之用。上課時我經常心不在焉，喜歡想像自己沿著鐵環爬到頂樓平台，陰天，雲層厚重，陽光於隙縫中隱現，欲雨之前，我倚在水塔旁讀《地獄變》，覺得很自由。想了一次，兩次，越想越覺得真實，上高中後有次乾脆在週記裡寫下此段幻想，得到了好評，說文筆很好，我開始認為寫東西是件不錯的事情，受人稱讚，不受現實拘限，想要的都可得到，簡直是世界的王，接近無限的自由。天真如我，又再次不求上進地選擇能力可及的大學推甄，平順地進入到中文系打算以此做為一門專業。

可是大學四年，以閱讀為日常，以文學書籍當作閱讀品味的四年裡，並沒有換來對等的書寫。創作既沒有帶來心靈的慰藉，也沒有帶來更多自由，我甚至也沒有成為一個更好的人，愈寫就愈發感到平庸的自己讓書寫的限制加重且深，再多的文字與想像也敵不過現實庸碌的才能。對自由的嚮往被擊垮，書寫是什麼，自由是什麼，我已厭於深究，唯一知曉的只有自己是個性格古怪卻缺乏才能的人。才能才是一切，不是自由。

那陣子睡眠不好，經常躺在床上三、四個小時依然無法入睡，朋友遂介紹我聽一些北歐獨立樂團的音樂，說是有催眠的效果。然而不知怎的，彷彿是被牽引起聽搖滾樂的欲望，開始回過頭去尋找九〇年代聽過的英國樂團，Blur、Oasis、Radiohead，簡直像在緬懷國小至國中階段、開始得長出自我面貌的慘淡青春歲月一般，也在尋找著什麼，渴望有什麼來解救如此平凡又無用的人生。

某日清晨，梅雨季，空氣濕霉，蹺課待在房裡上網聽歌，剛好在某個常看的樂評網誌聽到 **Fake Plastic Trees**，人生就是有這種邂逅，當你絕望時，就會有一首歌來拯救你，即使十年、二十年過去，仍會記得最初遇見時生命的輪廓與低谷，以致天氣的溫度或光線明暗都仍明晰如昔。

我總疑心，這首歌裡有著某種東西，接近無限的可能。於是我戴上耳機，聽著塑膠樹度過我的大四以及畢業即失業的每個日常，我想這樣我就可以變成或獲得我想要的，可以說是真實的存在狀態，我想要，那種扎實地活著的感覺，沒有才能無所謂，平凡又普通地活著，只要能繼續活下去就好。想從塑膠樹去追尋真實像是一種反諷，但我沒時間想，只是一日一日重複聽著，似乎窮途末路只剩這個方法。

塑膠樹從此種在我的心裡，無須陽光空氣水，兀自恆常不變的姿態反覆提醒，我生活在一個塑料的世界裡，虛假才是唯一真實，只能時時擦拭不致蒙塵。永恆與安穩的誘惑越長越大，扎入土實，茁壯成一棵樹的模樣，樹下看似有蔭，我跑了過去，想要棲身，才發現其實沒有陽光照入，我陷在一團不明滲出的陰影裡，看起來像是閒適乘涼，實際上卻走不出去，害怕外面的世界，真的陽光不再。

剛進入工作職場不久，即承辦一個踩街活動。活動辦在靠近市場的熱鬧街道，須實施交通管制才能進行，雖說有宣導、前一晚還去夾單宣傳，當日仍有許多人不知這段道路要交通管制近兩個小時，當然，結果就是被上菜市場買菜的媽媽們罵了，有些年紀較大的長者請其繞道，只是搖搖頭，聽不懂我在說什麼，便原路折返回去，於他們而言，幾年來都走同樣的路、都是如此走的，什麼繞路，他們不會，他們不要冒險去走那麼陌生的路，因為老了。

實施封街半個小時過去了，仍有人不知此路段已管制、公車不會停靠，依舊在站牌下等車，前往告知請至鄰站搭乘，三三兩兩，皆悻悻然離去。有一對老夫妻卻還在等，老婦行動不便坐在輪椅上，由老先生在後方推著，我照例前去宣導請其至別處等車，但老先生顯然無法意會，臉上滿是困惑，不知我所指的別處是哪裡。正不知該如何時，突然，坐在輪椅上的老婦急喊起來：「來不及啦，要拉在褲子上啦」，老先生也急了，轉身就將輪椅推往來時的方向，那樣的老態徬徨，使我愣在原地，腦子裡竟一時想不出要如何幫他們。此刻，踩街表演團隊要開始整隊了，須致詞開場的長官卻仍未現身，我被對講機叫了回去，繼續處理所有的突發狀況，將那對老夫妻遠遠拋在後頭，任其舉起手招呼那不會停下的公車。

活動即將結束時，天空飄起微雨，大家歡呼說幸好，要結束時才開始飄雨，沒有影響到活動進行，運氣真好。真好啊，搭公務車回程的路上，司機大哥說不錯啊，真好，長官很稱讚喔！我不太相信，說哪有好，已經被好幾個民眾罵造成他們的不便了。

「不用在意，民眾就是這樣，不管怎麼做都會有人不滿意，反正長官有稱讚就行了，那就是成功了。」

後來雨並沒有整個下下來，車子繼續前駛，我沒有說話。天空的烏雲既沒有散開，也沒有變得厚重，正午的陽光剛好從雲縫中隱現，一如我在學生時期的週記裡所寫下的那樣。多麼真實，可是我卻喪失了胃口，雞腿便當怎麼樣都吃不完。

如果我是那位老婦，一定恨死這個政府。

飯後在辦公室整理完收據跟發票，就跟同事借了摩托車，騎回活動現場巡視廠商的撤場進度。那對老夫妻當然是不在那裡了，我不能明白我自己，像是肇事逃逸，終究折返，卻找不到屍體，因而失卻了任何補救或贖罪的機運，一切都太遲了，我做了一件很殘忍的事。在公部門這個體制下，我接收來自對講機所下達的每個指令，然後像個機器般保有效率地去解決它，每個人都告訴你這樣是正確的，活動圓滿結束比什麼都重要，我卻感到從未有過的挫敗，並且湧起了一股莫名的被辱感，於是騎到一半便停在路邊，戴著安全帽哭了起來，然後又繼續回去辦公室加班。

突然想起那年放榜的時候，母親下班回家，我告訴她考上了，她高興得哭了。那樣彷彿榮光的時刻，我不覺得陽光燦然，只是鬆了一口氣，感到終於找到一棵棲身的大樹，人生應該可以穩妥下來，心無旁騖地享受四季更迭的風景。可是等了又等，卻無日昇月落、季風流轉，葉子終年常綠，也沒有葉片飄落，我站在樹下，覺得很困惑。這個世界，太奇怪了，沒有一處蕪穢與不潔，只要相信，不去看，就會永遠是潔淨的。

可是經常會聞到腐敗的味道，像是動物腐爛的氣味，從辦公室的通風口隱隱間續傳來。查不出是從何處飄來，而且時有時無，時間一久，遂也沒有人在意。直至有次從辦公室後頭堆放雜物的地方傳來窸窣聲，猜測可能是老鼠，買來捕鼠籠置放誘餌，過沒幾天，果真捉到老鼠了，同事將那籠子浸在水裡以便淹死牠，這不是第一隻老鼠，也不會是最後一隻，用排除的方式來維持潔淨秩序，這是優雅的體制作法。奇怪的是，依舊偶爾會聞到怪味，似有若無，在敞亮文明的辦公室裡逐漸蔓延開來。

那種時刻，我總會在心裡哼起塑膠樹，希望這首歌能夠再次拯救我。可是奇蹟沒有發生，我仍然每日晨起，潔淨裝扮自身，以一個人的模樣，去到那棵樹下。樹下有蔭，護我不受烈日曝曬，但無風無雨，等了好久，等不到黃昏與夜晚，只能時時擦拭落在塑膠葉脈上的灰塵，維持人造的整潔，直到那腐壞散去為止。於是我被困在一團不明的濃蔭裡，走不出去，日正當中。

販賣世界末日

某年元旦，約好與M一同早餐。是個晴暖的冬日，開門做生意的店家不多，我們尋至一處人多的早午餐咖啡廳等待候位，當時M已從南部回歸一段時日，在附近找了工作暫且安頓下來，我們恢復聯繫，偶爾碰面，一起聊天或看展覽。研究所的學分修完，手上正在著手論文的資料蒐集，可心裡著實明白，這份論文不會有什麼學術價值，之後亦不會走上學術研究的道路，但即使如此還是得完成它，拿到學位，在那之後的路途該是什麼，尚無法多想，我處在一種渡河的狀態，已經離了岸，卻不知道要去哪裡。

終於輪到我們，被安排到靠落地窗的位置，一坐下，店裡便傳來 Skeeter Davis 的 The end of the world 這首歌。我和M對視，不禁笑了一下，因為這年剛好是傳說中的世界末日年，於是很黑色幽默地，我們剛好在如此年分的第一天聽到了世界末日這首歌，感到來年必定被末世感充滿，有種另類的祝福意味。然而現在回過頭，若以整個世界與全人類皆須滅絕的定義來看，世界末日當然沒有發生，一年過去，日子甚至也不特別災難，竟然還完成論文且順利畢業，可以說，整年最戲劇性的一刻就是在元旦聽到世界末日這首歌，其餘，簡直不值一提。

在我的印象裡，元旦時常天氣很好，這次也不例外，甚至有些悶熱，雖說吃早餐，實際上已近正午，M忍不住點了冰咖啡來喝。當時的我已經不寫網誌，因此如今要回想那年所思所想，實有難度，什麼都沒留下以致研究所的生活顯得異常空白，我在煩惱什麼？除了論文大概沒有別的，除了世界末日，亦無別的記憶點可言，那次餐敘約莫也是聊了那些正在流行的世界末日，或許再加上一些M的工作牢騷，反正食畢，即到附近的綠園道及城區巷弄閒晃。

那裡是M的生活範圍，她熟門熟路地帶著我穿梭小巷與街道，細數著擁有她生活軌跡的祕密小店，那是她得以喘息、安放自我的方式，彼時她已出社會工作數年，但對於辦公室文化與公司體制的生態，依舊無法適應也不想認同，正考慮著從受雇於人的型態脫離，當一名自由工作者的可能性。坦白說M的此種煩惱在當時離我非常遙遠，因此也無法準確地同理她的困境或判斷，然後給出像樣的建議，我的生活經驗非常局限，只有讀書與家務，厭煩於變動或移動，而M則是已經累積了不少職場的實務資歷，並且旅行過許多國度，我們兩人會湊在一起吃飯聊天，並且在往後一直維持友誼下去，是一件頗出乎意外的事。

總覺得末世論的流行沒幾年就興盛一次，依稀記得在二十世紀末時亦是充滿了末世預言的浪漫氛圍，當時身為國三考生的我，依然沒將心思放在世界末日上。九二一地震發生後，曾經一度覺得末日真的要來臨了，但時間過去，人類沒有滅絕，人生進程並無停滯，一路讀書考試又活到下個世界末日年，平平淡淡，也就過去，還是得煩惱畢業後的生存問題。

五月天那年趁勢推出以〈諾亞方舟〉為名的歌曲，音樂類型照樣不是太吸引我，但歌詞裡寫道，如果今夜就要和一切告別，只能打一通電話，你會撥給誰？

我覺得這是個很好檢視到目前為止人生的最佳方式，於是我開始問自己這個問題：要打給誰？但不幸的一直到現在，還是想不出來。我沒有想要特地告別的人，人生的大多數時候，我只想要一個人，即使明天是世界末日，我還是只想一個人靜一靜。

關於世界末日，我掙扎的是另一件事。在我的想像裡，到了人生或世界盡頭的那刻，我要戴上耳機，聽著 Dagger，然後從家裡附近高中校園的頂樓往下跳，在世界毀滅的前一刻搶先毀滅我自己，我是一直這麼打算的。可是觀看末世崩景的誘惑又讓我有些猶豫，是否應該等鋪天蓋地的世界末日降臨，看過冷峻荒蕪的末日風景後再死呢？還是直接就讓末日的洪水或是火山爆發等災變了結我的生命？對於末日的想像，唯有死亡而已，如何死去才是最重要的，生無可戀，沒有撥打電話的欲望，亦無人會撥打給我，那通電話，是通向生存的渴求與眷戀，而那正是我所一直匱乏著的。我是空的，讓我一個人安靜去死，可以說是全心所願。

末日終究未來。歲末跨年那日特別冷，我披著毯子待在房間裡看紀錄片，一邊喝著紅酒取暖。影片冗長，沒有預期的好看，我偶爾快轉，有時乾脆點開網頁百無聊賴地瀏覽，電腦裡的世界末日已換成 Girls 唱的版本，幽幽的，彷彿隔著厚牆從廢棄倉庫裡傳唱出來，更有末世的頹然之感，我反覆播放，提醒自己這一年即將過去，沒有奇蹟，也沒有末日，必須迎來一個全新的年度。

嶄新與變化總是令我恐懼，實在是不敢相信末世預言將我遺棄，放我一個人去繼續面對人生的漫漫長路。當封閉和牢籠成為主要的安全感來源之時，自由與遷移就顯得像是戰亂爆發，即將面臨被掠奪與一無所有的生存狀態，抗拒而感到世界要崩解了。

這是一種非常病態的反應。

那年美國影集 Criminal Minds 的最新一季裡，有一集描述一對兄妹繼承了其母親對於惡魔的一套儀式性妄想，哥哥於夜晚妝扮自身，以散發魅力吸引那些被害者上鉤。在其共享型精神障礙的妄想中，他們是被選中的神聖守護者，負有對抗惡魔的使命，他們挑選那些可能是惡魔的新娘的潛在對象，透過誘捕將她們關在一口地井裡，通過淹水試煉測試她們是否為真正的新娘，若被淹死就表示是無辜的，若活著，那就是真的，必須穿上妹妹親手縫就的毒製服裝，等待死亡。其中有一場戲是哥哥為了討妹妹的歡心，將家裡布置成舞會的樣子，播著 Smokes get in your eyes 這首歌與她共舞，氣氛詭譎而曖昧，混雜著封閉、妄想、殘缺與亂倫。或許如此，於年末再聽 Smokes get in your eyes，總有種荒涼之感，人自絕於世，孤獨到底之時，是另外一個世界。

外婆常有幻聽幻覺，成天嚷著想死，越趨年老幻覺便越顯真實，幾乎要占掉現實世界的存在性，母親說過多次，很害怕外婆有天會像外曾祖父那樣，不堪年老病痛與精神衰弱的折磨，最後喝下毒藥自殺，她說外曾祖父也是那樣成天嚷著要去死，結果就真的死了。於是母親虔心向佛，希望能夠讓家族避開種種奇怪的陰影，但外婆只是抱怨，佛祖菩薩為何不趕快將她帶走，因為她活得那麼痛苦，日夜都有奇怪的鬼魂來找，她只想去死。這樣的世界，於我是那麼日常又真實，可一旦走出去便發現自己與外在社會已然形成某種巨大的落差，我明明活著，但卻不跟別人活在同一個世界裡，死亡欲望的暗影圍築成一道厚實的牆，將我隔離豢養，形成一種詭常的舒適圈，對於未來的想像於是陷落，與我如此無涉。

睡了又醒，走到客廳裡打開電視，等待跨年倒數，為了緩解焦慮，又順手沖了杯咖啡來喝。

跨年演唱會的現場擠滿人群，到底是什麼樣的人生經歷和心境，才會讓一個人能那般滿懷歡快和期待的情緒去到那裡，與同類一起進行一場祈求來年的儀式？輪到五月天上場時，我突然想起以前大學時期，那個還是會聽五月天的年歲，年末時節總會和好友們聚在一起，回顧即將過去的一年發生過哪些事，也許也有順便展望了未來吧，但未來通常只局限在兩年內，再更遠的便無能想像。畢業之後，漸漸地，減少聯絡和見面聊天的次數，改以用訊息傳遞新年祝福，再漸漸，連祝福也懶得捎出，怠惰地裹著毛毯窩踞在座椅上看跨年節目。不免感到這樣的自己，已經狹小到連一個祝福也無容身之處，更不允許自己轉身，回過頭去看。

別再回過頭看，只能一路向前了。

跨過一年，我平靜地喝著咖啡，五月天唱了什麼不太記得，大概有那首〈諾亞方舟〉吧，應景的末日歌曲。我終於領略末日的風景其實無關緊要，人們要的只是彼此之間的連結與同舟共濟的情感觸發，有了相依之感，未來無論是末日抑或世界的盡頭，全都有了勇氣去面對。於是我關掉電視，鑽進被電毯溫暖著的被窩裡，雙眼睜開，盯著滿室的黑暗，等待末日過去的第一個天亮。

安妮蘿莉

The Radio Dept. 版本的 Annie Laurie，是大四曲選公演時的一首配樂，因為當時我很常聽它，想都沒想就決定要將它擺進去，有了這首歌，就算是個很爛的劇碼起碼也可以加個十分。

那堂課教的是元代曲選，大概是要我們學習元曲粉墨登場的非紙本精神，所以老師要求在一學年課程的最後結束之際，要表演一齣約二十分鐘的劇，除了劇本一定要原創之外，最精髓的規定就是劇情中間得穿插至少兩首歌，而且每首歌要由三支不同的曲子組合而成，歌詞要全部改寫以符合劇情需要。我不懂我為什麼總是選到這種作業完成困難度很高的課程。

那時候已經是畢業的前夕，必須忙著焦慮考試、研究所、就業、當兵種種的問題，大家其實沒有什麼心思也不太想花太多力氣在這份作業上，可是能怎麼辦，這門課選都選了，再怎麼樣都得硬著頭皮將這奇特的劇種給生出來。我是喜歡這份作業的，但是我當時的狀態並不好，正處於一種不跟任何人事物溝通的排斥裡，好像是在用力地抗拒著什麼，那什麼我不清楚，我只知道我不想讓任何人靠近，非常排斥，我要一個人靜一靜，否則我會爆炸。

在這種境況下要進行所謂的團隊合作，無疑是很煎熬的。我負責劇本和音樂，其他的一律不歸我管，只要每次排練時會到現場就行。大四因為課少，所以住在家裡，有課時就通車上課，沒課就待在家裡聽一整天的音樂，那時的我已經非常無心於系上的課業，對於文學也感到痛苦，只想趕快脫離，脫離那個中文念了四年卻反而極度不自由的我自己。我想我一定是錯了，我所認知的文學，我所以為的書寫，我所賴以維生的模式，一定是出錯了，才會讓本來應該在文學國度裡感到自由的我變得如此局促。我覺得很僵硬，一定是錯了。

我沒有想過還要寫，因為當時我所能感覺得到的，只有音樂而已。聽著 **Annie Laurie**，我勉強地完成了只有兩幕的劇本，然後開始找曲子、填詞，在這整個過程中，我並不特別感到滿足、成就、焦慮或抓狂之類的東西，應該說我並不特別感到些什麼，就只是我正在做我應當要做的日常事情的那種感覺，所以我想，劇本寫完後應該是沒有辦法再寫了吧，照我這個鬼樣下去的話。

「話語和文字，是非常困難的事情，而我做得很糟」，我不清楚一個讀中文系的學生如果這樣想是不是就意味著茫然、走錯路或絕望，但那確實是我深深認為的事實：雖然我寫完劇本了，但是我做得很糟。真的是糟透了，公演的那天早上七點，我抵達學校的十三樓在等演講廳開門時，心裡一直不斷地重複這句話。

喜歡 Annie Laurie 是有原因的。以前我很喜愛的一部電視劇，用了這首歌的旋律做為配樂，那是一場喪禮出殯的戲，劇中的雙胞胎妹妹被人從學校的頂樓推下而慘遭殺害，唯一涉嫌重大的嫌疑犯卻也自殺死亡，懸案此時陷入了五里霧中，在墓園裡，妹妹與嫌疑犯的兩列喪禮人馬彼此要錯身而過時，所響起的背景音樂就是 Annie Laurie。那是一齣哀傷的戲，關於不被愛的青春。

我寫的是一個吸毒者想要重新做人的故事，很簡單的故事。這只是一個很小的作業，所以沒有什麼觀眾，觀眾席坐的都是我們班自己的人。觀眾席的燈暗下來的時候，我和導演待在小小的音控室裡，看著自己寫的戲在台上演出，觀眾只有我自己一個人。

「我寫了一齣二幕劇，然後讓這齣戲演給我自己看」，當 The Radio Dept. 的 Annie Laurie 從我放進音響的CD傳出來時，我突然有了這個想法。然後同時，感到了一種自由，一種從自我所加諸的他人框限與期待的書寫視野中，鬆動開來的自由。不知道為什麼，自由就這麼突然地來了。

安妮蘿莉於是是一種祝福，祝福著小小暗暗的音控室裡，那不懂事的，書寫的自由。

卷二　看太陽的方式

看太陽的方式

一：日食觀測

數學可以考四十五分，自然三十分，甚至是國語考五十分都無所謂，只要知道看太陽的時候不能直視就夠了，畢竟小學六年全部，我只知道了這個。

今天班上的人持續在看不見我。原因大概是前幾天我不聽圓圈裡中堅分子的話，堅持要把我的呼拉圈借給她不喜歡的女生玩，所以隔天，全班延續起百年不膩的優良校園傳統，開始大玩排擠遊戲，進入到集體潛意識催眠的狀態：完全看不見我，當然，分享我呼拉圈的女孩也加入了催眠遊戲，她擁有合群的美德，不可能不加入。於是，我好像喝了怪博士所調的特製藥水，不得不一天比一天透明，而我跟卡通的差別是，我不會擁有超能力或是飛在半空中的本領，只是單純地越來越淡而已，沒有別的。

伙食太好，秋天的麻雀都特別肥，肥肥的，看起來總是很開心，所以我喜歡看麻雀，反正不用講話，把我的全部小小生命拿來看麻雀正好。下午第一節上數學課，習作沒寫，黑板上算術不會算，課本空白，理所當然被叫到走廊上罰站，剛好又可以看麻雀在沙坑裡面洗身體，洗得一個洞一個洞，小小的，像是小型飛碟在打摩斯密碼，但是我只擁有缺角型不靈光腦袋，怎麼樣都不可能破解，打給我看也沒用。

沒多久，密碼都還沒打完，不知道為什麼學校開始騷動起來，班上的人也不知道怎麼回事都走出教室，紛紛三兩成群消失在視線裡。終於，老師最後一個步出教室，臉上堆著陌生至極的笑容說，日食要開始了，不上課了，叫我也趕快去操場上看日食。

我繼續站在走廊上，不想看日食，我只想看摩斯密碼，那是屬於圓圈群體的日食，不是我的。隔壁班的老師從教室走出來，走廊上只有我一個人。她問我怎麼不去看日食，我說：「那是很重要的事情嗎？」

「應該重要吧，日食是難得的天文現象，大家都想看。」接著，她把手上的底片剪成兩半，一半給我，帶我到樓與樓相交的死角處，這裡有遮蔭又可以看得到太陽。

「一定要像這樣，透過底片對著太陽看，絕對不可以直視太陽，不然會受傷。」

真的，圓圓的太陽有缺角。可是我比較喜歡圓圓的太陽，不喜歡缺角的太陽，不過還好，不久後太陽又恢復成圓圓的了。那個老師說應該要回去上課了，問我好不好看？「嗯，可是我比較喜歡圓圓的太陽。」

她笑笑：「這樣啊，其實太陽一直都是圓的喔，而且記得，看太陽的時候一定要用底片看，不然會受傷。」

二：拋物線

走到二樓，左手邊與右手邊是兩個截然不同的世界，左手邊的教室有六支電扇，但是右手邊的只有四支。這是細微卻也非常重要的差異，因為如此一來，向左走就代表了前程的光明與備受呵護，反之向右走，即沒入了一種不被重視、悶熱與陰暗的生存狀態，走上這座樓梯，我們就會變成將要投胎轉世的幽魂，毫無選擇地被推入人道或畜牲道，並且只有這兩種可能。

秋天的時候，我向左走了。我終於進入了培養皿的世界中心，乾淨、無菌、充滿營養，被隔離在透明玻璃裡培養加工，因為在未來的未來要加入社會之前，我們必須要先符合生產規格，將來才可以順順利利地被生產線所包容，因為瑕疵品會被丟棄。

暑期輔導的最後一門課，老師說要帶我們這群營養過剩的幽魂玩水火箭，大家背起書包往學校中庭的方向移動。這時老師把落在人群後頭的我叫住，勸導我不要再跟以前的朋友往來，應該要積極融入現在的培養皿班級，因為以前的朋友現在處於右手邊的畜牲道，跟我是不同的世界。

「多跟現在班上的同學相處嘛。」

「嗯……」我不知道該說些什麼，因為我好像是錯誤的。

太陽在開始向下墜。

解說完水火箭的使用步驟後，大家就各自分組自由活動，我站在遠遠的地方，看著每一組的寶特瓶試圖飛上天的壯舉，好像想要碰觸到太陽般，奔射向不同的軌道，有時秋風強勁，一下子就被吹歪、偏離了原本的航道，就這麼，一次又一次地朝著太陽更靠近一些。飛翔的時候，水花在我們的頭上噴濺，可是我卻覺得很乾爽，心裡空空的。

全班輪完，只剩下我還沒有操作過，老師好心地將我叫到前頭，在眾目睽睽之下做發射水火箭的首次演出。大家交頭接耳地低聲嬉笑，有點不耐，又有點興奮，興奮是因為在看完這齣無聊的首航秀後就要放假了，此刻我也有點想要跟他們一樣，或許就會感到比較輕鬆。

火箭發射，被空氣擠壓而排出的美好水花濺濕了制服裙的下襬，它持續地上升，脫離了乾枯而無菌的幽靈母體，與這些培養皿安全又重複的隔離政策背道而馳，它竟然畫出了一道拋物線，擁有完美的、獨一無二的弧度，它在它自己的軌道上飛射而去。就在到達拋物線的至高點時，它碰到太陽了，雖然是即將要西沉的狀態，但是，它碰到了。

我感覺很乾爽，心裡空空的。

三：海底日照量

一路彎上去，什麼都沒有，除了風之外。

這種時刻很尷尬，天色未明，全世界還是一片的深藍，但是街燈已經熄滅了，整條上山的羊腸小道只有我穿的紅色外套在燃燒。颱風前夕的清晨，風倒是吹得很狂放，遠方的樹海被風吹起的幅度姿態，像是黑色的海浪，平日習於從四面八方步上朝聖道路、擁擠的健行魚群，現在全都不見了，在這種陰暗的清晨，顯然沒有一尾想游出來。就只有我，隨著浪潮，一波一波地被推及遠方，想要去看太陽。

踩下的腳步軟軟的，沒有太多的真實感，所有能做的只是隨波逐流。從什麼時候開始，海水不知不覺地填注我的時空，一舉一動變成了不合時宜的緩慢划水，聲音從外界被隔離出去，抗拒外在焦躁的快速，或許我只是想要按照自我的速度好好生長。

所以我走進了海裡，這是我貧瘠的不靈光腦袋推演出的唯一的方式。

出生的時候明明沒有附帶說明書，但是世界總是一視同仁地以罐頭加工的規格將我們包裝出廠，排排站被擺上了輸送帶，一直以來都渴望擁有瑕疵讓我被生產線檢驗為不合格，然後被丟出輸送帶，可是不知道為什麼，我冷冷的金屬包裝內裡的腐敗因子卻一直沒被發現。於是有一天我只好生病，讓病菌爬上了我的表皮，用了這麼淺薄的策略，終於，在輸送過程中我被一腳踢進了貼有瑕疵品標籤的箱子裡。我帶著空空的書包自己去到海邊，都想好了，鞋子襪子要怎麼擺，衣服要不要脫下來摺好，還是就穿著？不寫信，因為再怎麼寫都是錯誤，沒有錢也沒有所有物，不需要交代什麼，一切都很簡單，只要走進去就行了。

但是有人在釣魚，也有人拿著望遠鏡在看候鳥，更有人浪漫地手牽手在撿貝殼，怎麼走進去？簡直就是一場鬧劇。鬧哄哄的，這種時刻有這麼多的人，他們正在過日子，有一個小男孩在放風箏，紅色的魚飛得好高，線拉得好長，握住線頭的手好小，表情很開心。風勢強勁，風箏越飛越高，我像是離群索居在深海裡的生物，海底的日照量彷彿如這根風箏線般的細弱，即使如此，它還是可以握在手裡，一絲尚存，我突然想要依靠這個，重新生長一次。

遠方的沉重雲層很朦朧地透出陽光，原本深藍的天空開始滲出粉橘的色澤，我被洶湧的海浪靜靜地推向太陽升起的邊界。常常看不到太陽，也不知道緩慢的逐日方式會不會因為日照過少而不適生存，但是我不要劇烈而直接的光線曝曬，也不要大步大步、無法遲疑的陸上追逐。腐敗的病菌在海底釋放出來，沒有人在意，也不會變成汙染源，它們是養分，在包圍著我。我在做追尋的習題，於是每天都是一種練習，每天都渴望得到陽光而自我進化，雖然常常一切都很平靜，一切都沒有發生。但是健行的稀疏人群此刻開始從我的身後超越而去，每天從黑暗裡甦醒，然後朝著日出的方向，一點點地重複、修改逐日的練習，我們安靜地走，偶爾停頓，我們想以此度日。

老師的話，我一直都有記得。

本文獲第三十二屆聯合報文學獎散文大獎

無痛・粉紅色

第二節國文課上到一半，突然一陣淒厲叫聲，有一隻狗從我們這棟五樓跳下去。我心想：這什麼世界？連狗都要自殺。

同一天，張國榮也自殺了，跳樓。歷史老師在上課的時候談起他，無限哀傷。狂街傳教士曾經唱過一首歌 Suicide is Painless，不知道為什麼，我老是將它跟「無痛分娩」這個詞彙聯想在一起，如果出生的時候不用帶給別人痛苦，死亡的時候也不必帶給自己痛苦，那大概稱得上是百分之八十完美的人生，可以組合在一起賣：無痛分娩＋無痛自殺，擺在24小時便利商店的大冰箱裡，Haagen-Dazs 冰淇淋的旁邊，兩樣一起帶，第二件可半價。跟 Haagen-Dazs 放在一起？何其榮幸。

以前家裡附近傳統菜市場裡，大榕樹下有一家雜貨店，裡頭有賣染色老鼠，將白老鼠染成各種顏色，一隻一隻，紅的綠的黃的藍的，圓圓的，很像彩色糖果。哥哥買了一隻回家，粉紅色的，很小，比手掌心還小，但是不到一個禮拜牠就死了，死的時候也還是絢爛的粉紅色，我念阿彌陀佛，在梅雨季節哥哥把牠埋在家裡後面隆起的土坡裡。多年後的某天冬日清晨，外面的野貓打得不可開交，叫聲此起彼落，我衝出去驅趕牠們，手上還拿著沒背完的英文單字，大霧裡，我終於想起了那最適於銷售與示好的甜美色澤，就在我的腳底下長眠，我親眼看著牠下葬過的，現在則是種滿了地瓜葉，地瓜葉被燙熟，淋上醬油膏和香椿醬送進我們的肚子裡。粉紅色不會痛了，很美味。

曾經跟粉紅色女孩同班。除了制服外，她的髮束是粉紅色，耳環是粉紅色，手鍊是粉紅色，當然，記事本和鉛筆盒也不例外是粉紅。粉紅女孩人如其色，很熱衷玩各種夢幻遊戲，有一陣子她跟一位新進的年輕女老師喜歡玩交換日記，每隔個一天我都得陪她去拿日記本或把日記本交給老師，我在一樓等，她們兩個在二樓祕密交換、交談，大概是所謂交心，我則是在一樓邊看麻雀，邊聽從樓上傳來的銀鈴笑聲，高中校園沒有沙坑，小麻雀沒有辦法打摩斯密碼給我看。這個遊戲大概持續了一個月，突然之間，全班開始排擠起那個女老師，突然之間，這個遊戲也被粉紅女孩無限期中止了，老師開始變得很透明，因為就算在走廊上遇見，粉紅女孩也都看不到她。

沒辦法，因為粉紅色一向無往不利。

＊＊＊

與粉紅女孩分班後，奇蹟似地在校園裡不曾再碰過面，整整兩年連偶然都沒有，什麼緣分？回來張國榮這裡，他以及那隻狗跳下去的那一天，大學推甄放榜，上了，因此認識了第二個粉紅女孩，她那時候還不是粉紅色，或說還沒那麼粉紅。站在我們班的走廊上、頭從窗戶探進來說要找我，同班同學隨興地用手朝我的臉一指：「就是她啊」，於是二號粉紅隔著窗戶熱絡又親切跟我攀談起來，說是一起上了同大學同科系，以後要互相照顧之意，笑容陽光而明朗。很好，我的未來生活似乎還是一片光明的粉紅。

上了大學念了文學，平時上課大樓卻在中庭開始架起網子，防止再有人去跳樓之用，我以為跳樓傳聞就只是傳聞，可是網子一架，可信度馬上提升至百分之九十，隨之而來竟有陰風陣陣的效果，只要一走進大樓，迎面吹來的陰森冷風，讓頭頂上的網子更形迷離詭譎，不過夏日炎炎的時候走進去，倒是心存感激地享受這股涼風，雖然它的來歷有點不太正派。也有人說不能在蜘蛛網底下直接穿越走過、必須沿廊而行，否則會倒楣或受詛咒這類，剛開始有聽進去，但後來便利性的投機心態還是讓我棄詛咒於不顧，為了方便，往往直接從網子底下走過，走過時似乎從來沒想起超自然的傳說，便利性已然侵蝕，就連詛咒都只能無關痛癢，便利，於是顧不了那麼多死者的尊嚴與領域。大一下學期下午，上課上到一半，有一位據說是別系的學生，戴著安全帽，從我們這棟十三樓往下跳，當然，跳到了網子上，不得不驚訝蜘蛛網是真的在發揮其功用而非虛設，因為這件事，命運這種東西似乎悄悄撼搖了我頑強的消費邏輯便利性，開始正眼瞧著網子，有意識地避它而走，同時心想：這什麼世界，跳樓戴安全帽？請不要跟我說這是跳樓的ＳＯＰ標準作業程序。

＊＊＊

仔細回想，粉紅二號開始變得那麼粉紅，好像是與我友誼的熟識有關。逛街時，她會問我意見：哪一件好？而我總是指向粉色系列的衣服回答：「這件妳穿起來氣色比較好」，於是乎隨著友誼增長，她衣櫃裡的粉紅色從一點點快速侵占成幾乎三分之二的比例，尤其是外套，不論夏或冬，都是粉紅色，差別只在深一點的粉紅或是淺一點的粉紅而已，她似乎買得很開心，我直線又狹小的認知理所當然以為，她是真心喜歡粉紅。

一年冬天，特別冷，我和她又去逛街，打算買雙手套準備過冬。有個攤子上擺了一副鵝黃色的手套，毛茸茸的，像剛出生的小雞的那種顏色，粉紅在那裡站了很久，手裡一直摸著那副手套：「這個顏色好好看喔！」

「喔，」我回道，接著不加思索地又繼續：「可是這種顏色很容易髒耶。」所以，粉紅就把手套放回去了。我們繼續逛。粉紅其實說過，覺得自己不像太陽，比較像是向日葵，每天每天，都要依賴著仰望太陽而活，她喜歡黃，明亮溫暖的黃色。我不是很在意，因為她的膚色偏黃，並不是很適合黃色。繼續逛到一家服飾店，那年冬天不知道怎麼搞的，出了各式各樣、不同深淺的粉紅色毛衣，我隨手拿了一件款式簡單的在鏡子前比試著，粉紅看了之後：「妳真的好適合粉紅色說！」

「是嗎？可是我比較喜歡紅色。」是啊，我喜歡紅色，為人冷漠又貧瘠的我居然喜歡紅色，這個事實所反射出來的嘲諷力道，不知該指向我，還是象徵熱情與生命力的紅？但是那件粉紅毛衣，確實很襯膚色，到最後，是我買了一件粉紅。

「手套是戴在手上的，跟皮膚不搭應該沒關係吧？」剛走出服飾店，粉紅就這樣問我。

「是沒什麼關係，可是它跟妳的衣服和包包也不太搭吧。」我這樣說，自以為是專家，粉紅沒講話，但是隔了五秒又說：「可是那個顏色真的好好看喔……」

「那就買啊！」

「可是會很容易髒耶。」

「唉呦，管他的，既然那麼喜歡那就買啊！」

於是鵝黃小雞手套被裝在袋子裡，被粉紅買走了，她開心地在回程公車上就戴了起來。小的時候，哥哥也曾經買過一顆蛋回來，說是會孵出七彩的小雞，包裝盒上的圖片也真的有一隻具有七彩色澤的小雞，向我們誘惑，每天控制溫度，用燈泡照著，最後總算真的被我們孵出一隻什麼東西來：是隻再普通不過的鵝黃色小雞，後來就送給小堂弟養了。

「為什麼要送人？搞不好小雞長大了之後真的就是彩色的呢！」

「拜託，怎麼可能，那是商人用來詐騙小孩的而已。」

回憶裡關於顏色的小片段有那麼多，但一路上，我始終沒有提起那隻埋葬過的粉紅老鼠，不知道，就是說不出來，關於小小圓圓會動的粉紅色，非原生的粉紅色，人力加工的粉紅色，早夭的，粉紅色。

＊＊＊

穿著新的粉紅色毛衣，站在網子大樓前，和粉紅與幾個學長在寒風中討論死刑的廢除問題，寒流來襲，期末考週，也不知道是誰發起的，總之，就開始聊起死刑來了。

學長們都是不贊成廢除死刑的，認為死刑應該存在，印象中似乎說了許多正當理由與見解，不外乎法網恢恢、疏而必有漏，養著死刑犯只是浪費國家公帑等等，我沒有很認真在聽，因為很冷，考試寫得不太順手，而且又還沒吃午餐。只有粉紅一個人支持廢除死刑，想當然，這樣的意見必定惹來學長們一番：對待犯罪不能太人道主義啦、這樣對受害者及其家屬不公平、妳這種想法太鄉愿了啦……粉紅看起來似乎很苦惱，因為她贊成廢除死刑，並不是基於那些學長辯駁回來的理由，但是她又講不出心裡真正的想法，被誤解的粉紅，看起來令人難過。

「我覺得原諒不一定要在死前，在他死後也可以原諒啊，」其中一位學長如此說，然後接著又轉頭問我：「死後的原諒，妳不覺得很詩意嗎？」

「那個跟那個有關係嗎？這是兩回事吧。」我事不關己加心不在焉地回答，然而，學長卻閉嘴了。

或許學長只是出於善意，也或許只是想緩頰一下當時的氣氛，而我也並非有意表現得刻薄或反諷，但結果就是，話題在我講了一兩句之後，很快地就結束在寒風中。經此實驗，證明粉紅也有無效之例，不過，為什麼非得要在我穿著粉紅色毛衣時討論死刑呢？真是夠了。

＊＊＊

兩個長得一模一樣的十七歲雙胞胎姊妹，姊姊開朗活潑純真，妹妹黑暗扭曲而陰森，我很喜歡兩個長相一樣、特質卻截然不同的這種配置。在第一集的時候，雙胞胎和父母一家四口去湖邊度假，那位擁有雙面性格的妹妹，卻穿了一件粉紅外套，這是她首次登場的顏色。在那裡，她將吃了安眠藥又不會游泳的姊姊，放在一艘鑿了洞的小船，然後推向了湖的中心……

怎麼說，也不是不喜歡粉紅色，只是好像剛好都不是我們最喜歡的色澤，粉紅最喜歡黃、我最喜歡紅，那位雙胞胎妹妹，再怎麼樣也不能說她是粉紅的吧，而第一號粉紅女孩，以及小老鼠呢？我開始疑心，地球上的所有事物，有誰其內裡是粉紅色的？被塗抹或穿戴過的夢幻粉紅，切開來，內裡的質料與色澤，似乎也沒有人想知道。被粉紅所占領的現實世界，是放在櫥窗展示的世界，沒有裡面。

討論完死刑後，就放寒假過年了。在各自回家前，粉紅提起有人修生死學課程的作業是要練習寫遺書，我覺得很有趣，大概是我提議的，在假期裡我們要寫一封遺書給對方，開心地約定好後，回家過年。結果那年的整個寒假裡，熱衷於黑色遊戲的我，竟然遲遲未動筆寫信，就這樣眼睜睜看著快要接近開學日了，才勉強地用了一些黑色語言及灰色思想，匆忙寫完遺書寄給了粉紅，約莫同時，也收到了粉紅的遺書，看了，猜得出她應該也跟我一樣，對這項約定感到吃力又後悔，所以讀了一遍後就收起來，從此不再碰那封信。於是我又疑心，是那件粉紅毛衣滲透進我的皮膚裡，汙染了我的黑色思維，讓我變得不三不四，連封遺書都寫不好。

雙胞胎的整套劇集是粉紅送給我的生日禮物，她知道我很喜歡這部戲，因為她從沒看過，所以我們在宿舍就放了前面幾集來看。有一幕粉紅妹妹在網路上邀約一個同班男孩與她一起自殺，到了約定的頂樓時，那男孩才知道約他一起去死的竟然就是班上那個文靜乖巧的資優生。男孩雖然不解像她那樣的女孩為何要死，不過他們還是牽起手，往正在施工、尚未加裝任何護欄的頂樓邊沿走……

「如果要自殺，妳會選哪一種？」粉紅看到這裡時，突然這樣問我。

「呃……上吊或割腕吧。」我回答，「妳咧？」

「跳樓。」

粉紅選了一個讓我意外的答案，跳樓那麼痛，全身碎裂、鮮血四濺的痛，一點也不粉紅色啊？

走到邊沿時，男孩輕輕地將女孩拉離，跟她說：「我們可不可以，先不要死。」

「為什麼？你後悔了嗎？」

男孩搖搖頭：「我只是想先製造一點美好的回憶，再死。」

美好回憶。我想起那封遺書，試圖回憶裡面的一些內容片段，可是那些字句似乎太嚴肅也太裡面了，而我穿著粉紅色，並且持續在選購著未來更多的成千上萬的粉紅，青春的黑色字句馴化了，乖乖地被粉紅往後往後，再往後推得極遠，一個字也想不起來。

雙胞胎妹妹後來還是死了，被人從頂樓推了下去。她的校長母親趕到現場、將她抱在懷裡時，其實仍有一絲氣息，可是，母親卻全身顫抖著，把手按在她的口鼻上，將她悶死。因為掀開粉紅色表皮，底下所滋長的，不論是細菌或是異生物或是其他什麼，母親都無法接受無法忍受，更不想看，最好通通消失通通忘記。

沒辦法，沒有痛感神經的粉紅色，始終是排行榜暢銷商品，順風順水態勢，還要朝著未來繼續無往不利。

瞪鞋

每個禮拜，倒垃圾的日子是一、四、六。早上八點五十五分，垃圾車來了，轉進門口前的馬路，同時樂聲響起，這時隔壁家的小狗會跟著唱，我觀察過，有太陽的時候，還會唱得特別盡興。

牠大概很有音樂細胞，不唱不舒爽。我雖不欣賞，但也尊重牠的創作自由及音樂才華，所以從未打斷或喝止，更何況我正忙著看地上。家裡位置隱蔽，不直通馬路，想倒垃圾，得穿過半間已廢置、無人居住的空平房。是，我家是平房，但是屋前還橫著一列平房，一半住人，一半沒有，我必須穿越沒有的那一半，抵達一片空地，然後小斜坡下去，才是馬路，經過馬路到對面，才是放垃圾的正確所在。倒個垃圾而已，需不需要這麼麻煩？更麻煩的在後面。

屋子老舊，還是老古董土塊厝，年久失修，地面自然不平。不平就算了，雜物一堆，東倒西歪，加上視線昏暗，門又長年不關，無法關，壞了，冬天寒風吹進，乍看有點懸疑驚悚，廉價的類戲劇那種。走進去，要有些勇氣，何況手裡還有垃圾以及廚餘桶。低著頭，瞪著自己的鞋子，緊盯一步一步踩過去的凹凸地面，月球表面，不管一小步或一大步，願望只有不要踩空、不要絆倒跌倒摔倒，佑我平安穿越黑暗傾頹，佑我順遂完成日日潔淨的日常神聖事務。不得不然。

怎麼搞的，瞪鞋像是一種儀式。

因為我想到這個。畫面突兀地卡接到升旗典禮開始。

戴著橘子色的小學童帽，六月天，八點的太陽已經讓眼睛睜不開。時序差不多是即將升上小五的時候，重新分班、分配新導師，晉升所謂高年級，高年級裡也有相對高級的班級，高級班不意外地也配置了高級導師。高級導師之所以為高級，是因為能夠帶領班上的整體成績向上提升至高級，這是出品高級導師的定律與檢驗標準。這天是高級班與高級導師的第一次見面，見完面，就要放暑假，然後就要高年級了，所以現在要升．旗．典．禮．開．始。

國旗在升上去的時候，要脫帽，盯著國旗慢慢升，慢慢升，升好慢。偏偏升旗台跟太陽剛好在同一方，看國旗，太陽光就那麼剛好會刺到眼睛裡，睜不開，不知不覺，不是故意，本能般地，我不想看國旗了，於是我低下頭，低下頭瞪鞋瞪地上。我承認，在應該瞪著國旗的儀式裡我瞪著鞋子看，不是第一次，但這是第一次被發現。

「不要看地上，要看國旗。」高級導師不知什麼時候冒出來，站在我面前，打了一下我的頭，堅定地指了指國旗，彷彿深怕我人生的茫茫航道上會失卻了國旗的方向。其實他打得很小力，我也不是那麼怕痛，偶爾被巴頭也不至於心靈受創，只是那句話很怪異地在我心裡起了迷惑，如一片濃霧，迷迷漫漫，遮蔽了原本飽滿實心的童稚腦袋，有一大半空掉了，空空的，腳底就快要站不穩。可是，不能再看著地上了，要看國旗。

升旗結束，回到教室，高級導師立馬就地取材以瞪鞋不瞪鞋之事訓示學生。師者有言，整天頭低低的不看人、走路一直看地上不看正前方，容易養成消極的性格，將來不會有出息，更何況升旗時還在看地上，這樣是不懂禮貌又沒有愛國心的表現，非常不可取。怎麼回事？資質平庸且德智體群美皆非常普通的我，竟然落入了高級班？難道是高級班也需要反面教材以達平衡？

不曉得是心理作用還是流年大運使然，在高級導師的兩年教導之下，成績單上的排名竟從中段一躍為前茅之列，隨之而來，受到高級同儕的歡迎與簇擁，加入了中堅菁英小圈圈。時常被老師們評語為「內向文靜」的我，第一次擁有這麼多的「朋友」，富裕外向的朋友，小圈圈們說：「我們是朋友喔，不要跟誰誰誰好」這樣，我就不費功夫、受寵若驚地交到朋友了。以前沒有過的。以前，我所遇見的差一點成為朋友的朋友，是這樣的：在我剛進到一個新學校，老師交代一位活潑外向的女生帶我參觀校園，活潑女生熱心地答應了，主動跟我手拉手，好開朗地一起聊天一起玩鞦韆，老師們看到這溫馨畫面，無不稱讚活潑女生的好個性，然後第二天，她就再也沒跟我說過話，直到分班，分開。

我想，她不喜歡我。

然後又想，我大概受傷了，因為以後的以後，偏執上身，將「活潑外向」連結到「創傷陰影」，視為一種限定組合，偏執地討厭與躲避起任何的外向。對於外向的被迫害妄想，無法控制，只好一直瞪著鞋子看。

高級班時期，轉變時刻降臨。排名成績力量強大，沒有改變，依然看著地上，但是，朋友就來了。朋友與外向恐懼症，內心交戰，後來，友誼的誘惑贏了。外向群體當然不瞪鞋，為了不顯怪異，為了有所成長，漸漸地，我也不瞪鞋了，一大群人的出遊，誰又能自由且專心地瞪著自己的鞋子看呢？瞪鞋習性在高級的兩年裡，好像戒除了般，一點都不關心。我一點都不關心我的鞋子，及一步一步，踩下的距離與方向。

聽人說友誼會溫暖、會愉悅，可是高級班的友誼溫暖之光，等了好久，卻始終沒有閃現出來。畢業在即，高級朋友們都要直升同個學區的國中，只有我要去讀不同的學校，大家都勸我不要啦好捨不得喔，我們都念同一間不是很好嗎？好不好，我不知道，一心只想脫離高級群體生活。畢業典禮，大家哭了，即使不同學校以後還是要常見面保持聯絡喔，我沒哭。畢業後，諸多藉口推託就是不想再相見，也就真的沒相見了，高級朋友寫信來，持續好久，最多最多回信不超過三次。他們都說我無情。

我好疑惑，關於友情。

所以我跑到一個全然陌生的環境，好讓我可以回到專心瞪鞋的姿態。瞪鞋的時候，想到高級圈圈，想到無情罪名，突然感到，自己似乎和那位外向女孩疊合在一起了？內向如我也向外，實實在在地挫傷了人。

這很難說得清楚。我覺得很僵硬，傷己傷人。

高中時又與高級小圈圈的其中一人同班，很少交集，已經不太熟識，就這樣互不聞問直到高中快結束時，她在大家互相留言鼓勵的紙張上寫著：「記得妳小時候是很開朗的人，怎麼長大後變得好安靜喔，活潑一點嘛。」怎麼回事，我懷疑她是不是記錯了人。我將那張紙夾在課本裡塞進書包，放學了，瞪著腳下的黑皮鞋，高級分子的留言顯然又起迷霧。為什麼不能安靜？為什麼不能瞪鞋？內向被證實為一種性格缺陷，亟需矯正？

可是好像有點太遲，對於瞪鞋，不論是做為一種曲風還是動作姿態，已經感情放得很深。

太深。瞪鞋派樂團在表演時，不跟台下的人互動，專注地低下頭看著自己的樂器，內斂害羞，像是只對鞋子有興趣。瞪鞋樂風飄渺夢幻，人聲不是重點，主唱歌聲不求表現，常常快要被噪音音牆給遮蔽過去，但是始終不會，穩穩地在那裡，唱著。那樣的姿態，是一種力量的展現，基於對音樂的深情，克服了封閉的障礙，願意站上舞台被眾人注視，雖然自己並不注視。瞪鞋之姿於是成為轉換機制，替代了眼神與言語，用不交流的姿勢交流，不說不看，讓音樂去傳達。

不曉得，在那樣的音樂裡，我感到了從未有過的自由。

原本單純因受挫而內閉僵固的瞪鞋習慣，漸漸鬆動開來，不再因為內向的瞪鞋姿態而感到羞恥，能夠安於瞪鞋之姿。瞪鞋音樂的遇見，是一場成長儀式，正式宣告告別童年，卻又帶我回返純真自然的生存狀態，狀態縱有憂傷，也會化成禮物，更好地適應自我與眾人之間的歧異，因為歧異當中有最重要的東西。那是有天，當我開始跟別人一樣不再看著地上而向前注視時，我還可以認出是「我」的東西。很重要。低下頭，就有自己的鞋，還在，帶我去到屬於自己的地方。

垃圾車來了。沒霧的時候，遠遠地就可以看得很清楚。

是不是每天都一定要等待它的到來？我不曉得。只知道，滿滿的廚餘桶與垃圾，垃圾車一走，就空了。然後就可以瞪著鞋子，一步一步返回，重新進入不討人喜歡的傾頹不平之屋，之道。一天開始。

華麗的冒險

初入大學時，與M同寢，聽音樂成了每天例行之事。

大學宿舍四人一寢的形式，使從未離家居住的我，第一次有了與人同宿的經驗。一開始不太習慣，與人居，尷尬得不知道該說什麼，又沒有電腦，下課後在宿舍裡唯一的娛樂就是看書，因此M的音樂於我而言，算是日常裡逸出常軌的一件事。

通常是這樣，率先第一個抵達宿舍的我，於書桌前閒散地打開從圖書館借來的小說，以慢速讀至一兩頁時，M就回來了，並說：「我開音樂喔」地扭開廣播，或是用電腦放音樂，用這種儀式開啟課後的時光。之後，我們會交換個一兩句話，或許關於課業的，或許生活的，反正都不是太重要，M會邊說邊進行一些洗淨事項如衣服杯碗等，若晚餐有約，她會重新洗把臉、換個髮型，然後出門赴約。印象中，就算M待在宿舍，我們也甚少一起出門吃晚餐，我似乎經常以麵包或紅豆湯當一頓，晚上就不再出門，洗完澡準備睡覺時，另外兩個外文系室友有時甚至還沒回來。那個小大一的年代，外面的世界我幾乎沒有參與，也沒興趣，鎮日裡讀小說、做作業，我只想握有我可以控制的事物，日子簡單，唯一有味的是來自M的音樂。

與其他朋友相較之下，即使M與我擁有較多的共同的興趣，但就友誼而論，並沒有發展成一見鍾情或一拍即合的關係。M是個已建立一套自我價值觀與審美品味的早熟女生，自主性強，與人應對落落大方，既是系羽隊也會扛著相機大包包登山拍照，非常具有行動力，而這些特質剛好都很外顯，當時，我想她會需要尋找同類當朋友。與那不同，書不離手的我顯然很書呆，言行舉止也都正常乖巧，而這一切都指向我是個平凡又無聊的人，自然引不起M的興趣。

回到音樂。M聽的音樂當然不是古典樂，大多是一些英文流行歌或是廣播，少少的國語流行歌，如此，也便足以支撐大學生涯頭一年的青春煩悶了。當時的蘇打綠還是地下樂團，M已相當著迷，屢屢於無事的夜晚放著蘇打綠的歌，視為珍品地向我推薦，無奈我聽不慣，始終沒有成為其歌迷過。後來蘇打綠果然大紅，M的大學四年幾乎都跟著蘇打綠的場子跑，每每呼朋引伴，一起去聽蘇打綠唱歌，這樣的習慣與熱情，一直持續到出社會工作後亦是如此。那幾年，陳綺貞、蘇打綠、張懸，這幾個名字在中文系的學生裡是非常響亮的，那是某種價值觀的追尋與認同，混合了無畏、夢想與自我的探索，標榜獨特性，要做自己，對於正處青春的大學時代，這樣的音樂無疑是具有吸引力的，多少個對於未來感到焦慮及茫然的日子，都靠著這些歌曲紓解過去而不至絕望。

所以，我以為我會聽陳綺貞一輩子，就像蘇打綠之於M那樣，是種永恆的信仰。

系上有個例行的劇展比賽，每年訂一主題，讓學生們自編自導自演，大一與大二都被規定必須參加，對於排斥群體通力合作的人來說，無疑是場惡夢。大一時演的什麼已經忘了，只記得我是負責燈光控制，非常輕鬆的工作，當時擔任導演的L人不錯，會演戲又有責任感，但那次比賽成績不好，排演的過程中又有過些不太愉快的經驗，因此到了大二當劇展又來臨時，便沒有人想再參與這種被強迫又沒任何好處的事務。況且大二，正值打工與戀愛的全盛時期，班上的人都沒什麼多餘的時間再弄劇展，所以這等差事，便落在有想法、有擔當，看起來又肯吃下這沒人要的任務的M身上了。與M，就是因著這齣戲而相熟起來，當時我們已不是室友，M獨自在校外租屋。

我擔任編劇的工作，還有配樂、道具、攝影等雜事，因為人少，免不了一人多職，約莫此時，多事之秋，我開始聽陳綺貞的歌。當然，並不是說我在此前從未聽聞陳綺貞之名之歌，早就聽過，在電視在廣播，早就知道有這名歌手，不覺有什麼，重新相遇之時，也未必驚為天人，只是等到有天當我意識到時，已是每天起床所做的第一件事即是播放陳綺貞，已是這種境況。

M倒是沒有特別喜歡陳綺貞，應該說，我鍾愛的於她未必，而她所信仰的我也倦於投入，但是對待彼此的品味又都能欣賞及理解，於是我們日後便形成一種於孤獨的藝文消費這條路上相互扶持的夥伴關係。由於劇展的配樂需要，我展開了尋找音樂的旅程，從實體唱片行到出租店的電影、電視劇，那段日子在回憶裡之所以顯現出迷人的光澤，我想是由於「尋找」這個實際過程中的動作，開啟了對自身品味乃至品格的好奇，哪些，是更能吸引我且更能被我所理解的呢？簡言之，找配樂這件事啟蒙了我，想要開始思考，我是由什麼所構成。自我的堆疊與確認，最簡單的就是從好惡品味處開始著手，藉助於偉大藝術工作者們訴諸於作品的世界觀，找出與自身相近的來標榜認同自己，然後跟自己說我是會思考、有品味且不屑世俗能洞悉真理的，一個不平凡的人類物種。

陳綺貞唱了，我要多一點時間讓我想一想，畢竟每天都是一種練習，希望如此，可以成為更好的人。太多太多，陳綺貞的歌詞因此成了人生的座右銘，貧乏的大學生活經過活躍的想像力之妝點，也成了華麗的冒險，包括大二的劇展。

回想起來，那是一齣相當彆扭的戲劇，喜愛的陳綺貞與英倫搖滾沒派上用場，唯一可取的就是用了《鱷魚手記》當引言以及《孽子》的配樂襯底，大概也是因著這些，這齣彆腳戲最終得了第一名，我將它視為人生的里程碑，象徵一個昨日庸碌自我之死與今日文青之誕生。最荒謬的是我還另外得了個劇本獎，領完獎下台後，觀看完整場比賽的L特地來跟我說：「你們好棒！尤其最後一幕播著Tears in Heaven真是太美了！」無疑，她知道這首歌是我選的，所以才會跑來與我說了她的感動。被人肯定品味及眼光的感覺真好，心裡感激L的認同與無私地讚美，即使彼此缺少交集，審美的共感仍會在一瞬間將人聚集於同一條線上，無須多言，便可領會相似的情感與經驗。感觸最深的當然是身為導演的M，比完賽後她還特地將演出的錄影燒成光碟，自製外殼包裝穩妥後，分給劇組每人一張收藏。我感到那是高峰，密集地與人溝通、衝突、協調，然後做更多更多妥協的團隊合作，過程紛擾，結果甜美，如此完好的經驗是不會再有的了。

L在升上大三的那個暑假，轉學到台北讀戲劇相關的科系，原本就不相熟，所以L此去後幾乎不曾再聽見她的消息，僅有的兩次，是M有一年跟幾個朋友去到南投聽蘇打綠，在那個晚上她碰見L也去聽歌，L是一個人去的，因此演唱會結束後便與M他們同車回來。另一次則是S在某次的心靈成長工作坊中碰到的，L依然隻身前來，同樣也是沒能多聊什麼，但在短暫的寒暄之中L隱隱透露出她在北部並不快樂，不過也僅止於此，上完課後L又一個人坐車回台北。其實在多年後，我曾試圖想像過當時L坐車回到台北時，內心是怎樣的風景，但我想不出來。

也想不出來，後來的我們，是怎麼從那場劇展裡脫身，奔向各自定位的人生軌道，走上了面目模糊的道路。

約莫三十歲時，有次與M吃飯閒談，突然聊到那片劇展光碟，M卻說她早就丟掉了。那個時候，L已經死了。

應該也是同一場談話吧，我們還是待在某個有大片落地窗的午茶店喝咖啡，M說到前陣子去小巨蛋看了蘇打綠的演唱會，在小巨蛋裡聽著蘇打綠時，她就覺得這應該是最後一次了，「以後除非是從小就很熱愛的國外樂團，不然應該是不會再去聽演唱會了」。對於為何會有這種感覺，M並沒有多解釋，我雖然感到震撼，但也沒問。那個時候，我已很久沒有聽陳綺貞了，就連別的音樂也很少，我甚至曾經一、兩個月都未曾播放過任何一首搖滾樂，也怠於搜尋新團新歌，因此對於M的轉變，我多少有點共謀的罪惡感。

L死訊傳來的那個季節，M為了體貼我，刻意等到我考完試時才跟我說起L選擇離世的事情，真正的死期是在我生日那幾天，所以得知消息時已經過了兩個月。S也知道，只是她沉迷在心靈成長的世界裡，對於M的體貼顯得不太能理解，但也尊重，一起守了祕密。L之事於我在心裡起了怎樣的波瀾，我不清楚，只知道與我同齡者，有人開始脫隊了，這件事情真的發生了。實實在在的死亡。這之間，陳綺貞發了新專輯，整張專輯很有哲學味，也出了書，有個很文學的書名，她的品牌與代表的抵抗世俗或流行之意義已鮮明得不可動搖了，此時我卻失去興趣，再也不聽陳綺貞。

我已經老得沒有辦法聽陳綺貞了。一聽就覺得敗北，幾近憤怒起來。

L之後，家裡的老貓不久也離世，S的精力全都放在心靈成長的課程領域裡，青翠色澤的大學時代曾有過的人與事，都已各自散佚而去。我與M順利長成了一個懂得占據某種經濟位置、出社會工作賺錢的大人，對於不能理解的事物就不理解，只理解能夠理解的，我們開始很懂得割捨，不再惑於叛逆或夢想等字詞的神祕力量。因為那些璀璨刺激的冒險旅程其實不會發生，我們的追尋總是伴隨著更多的妥協及權衡，不再幻想自己可以讓世界變得更好，只求晚上能睡一場好覺。

世界不會變好，而自己也不會變成更好的人，這是可能的，而且是很大的可能。我很清楚我背叛了在讀研究所時，每天騎著車哼唱〈每天都是一種練習〉而趕赴學校上課的自己，純粹，為了終於讀懂理論書籍中的概念而滿心雀躍、因為吸取未知的知識而好奇且快樂著的，那個自己。正向的人生也沒有轉到負向，我只是長大，聽著陳綺貞、看著書寫著字然後滿懷希望地長大，結果我沒有長成像陳綺貞那樣擁有自我面貌的大人，意料之外的，一副平庸無味的面孔從此跟著我，處處問心有愧，躲開以往自己曾經誓言相守的所有事物，繼續被日常營生所圍困。華麗終究沒有到來，人生的冒險變相為一場拉鋸，依違於年少初心與現實的明滅之間，只能眼睜睜地看著自我長成溢出想像之外的模樣，然後再偷偷一點一點抗拒，試圖以此告訴自己，其實我沒變。

錯的是這個世界。錯的是陳綺貞。他們讓我以為人生是可以奢望的。

父親經過半年的化療，於動手術前的一個禮拜，回到醫院做身體檢查。有幾項必須得空腹做，因此一早便驅車前往，在頭兩項檢查做完後，等待其他檢驗的空檔，我們趁空到前棟有附設餐廳的醫療大樓買東西吃。父親吃了一碗麵後，說要到外面走走，便走出去想抽菸，從玻璃門看出去，有幾個人在樹下陰涼處獨自吞雲吐霧，無視全區禁菸的標誌，父親頂著稀疏的髮，也去加入他們。四月的天氣冷熱不定，早晨的寒意已隨著春陽驅散，外頭的人便將外套脫下、拎在手裡行走，但是陽光無法照射進來，被一只屏風擋住了。我屈坐於被遮蔽光線的陰暗裡，突然很想聽歌，什麼都好，有錚錚吉他聲的那種。拿出手機想找首英文歌來聽，但手機裡唯一有的曲子是陳綺貞的〈失敗者的飛翔〉，許是剛買手機時為測試功能而存放的，也不知過了多久，竟一次都沒播放過。

我按下播放鍵，戴起耳機，吉他聲響起，是單曲的版本。聽歌的欲望依然沒有回魂，但我設定了循環播放，因此一遍兩遍，陳綺貞又開始在我的日子裡唱歌，細細的歌聲仍舊刺痛著，但我很清楚，刺痛著的已沒有想望，冒險於是褪去了魔魅，成了淡然的陪伴，陪伴著躲在暗裡的我，等待父親抽完那根該死的菸，然後心滿意足地回來，繼續著下一項的檢驗。

向日葵

有陣子很愛說話，突如其來的。自從在青春期轉生成一個陰鬱的少女後，這還是生平第一次充沛著與人溝通的欲望。

主要的談話對象是向日葵，同系同寢，彼時大三，是個開始聽陳綺貞和讀村上的年代，尚未領受世俗對一個大學生的期待，鎮日搖滾樂與小說在手，我約莫以為自己頗有思想及獨特性，所以特別想講話，此欲望還非自然地延伸至書寫這事，雖非每天，可起碼一星期可產出千字以上的網誌一篇，這實在可疑，但主要仍是講話的欲望在作祟。不知何故，回想起來，此欲念算是在向日葵身上開出花來了。

一種週期軌道向著太陽而轉的植物，名稱由來有些閨怨，不太能聯想到向日葵的身上。她是那種，吃飯時可以跟鄰桌陌生人順暢地聊天終致留下聯絡方式而結交到朋友，若在小學，大家會投給她當班長，大學分組做作業會自己攬起來當組長，外向大方，約吃飯一定到，是這樣的一個人。應該本身就是太陽，可是她說她不會發光，是仰望著太陽的，每天每天，等待太陽升起，她的生命是為太陽而活的。她羨慕有綽號的人，那是被人指認出某種特色的人才會有的，因此希望自己也能有一個，「向日葵就很像我」她說，但那段日子裡也只有我這麼稱她，且不在日常語言裡，而是在文字書寫裡才會出現的，那個召喚她特質的暱稱。

從沒想過這個名字是否真適合她，只因為她喜歡，便這麼指稱了。

青春期的叛逆遲到千年，到了大三才開始發作，但也就是蹺蹺課、對於系上作業不再戰戰兢兢，老師的話與學校成績變得毫無影響力，我失去了生命裡微薄的重心，身心狀態無論如何是不想再當一個乖學生了。很懶，整天什麼也不做，什麼東西都不好吃，只喝咖啡，聽音樂，等待向日葵下課回來再跟她說說話，就是這樣過著這種假式的文青頹廢生活，非常矯揉造作。

認真說來，我和向日葵並沒有什麼共通點，個性不像，興趣也完全不同，我喜歡的東西她沒有一樣喜歡的，因為她是個，沒有特定嗜好的人。但我知道她喜歡我這個朋友，所以願意忍受我整日長時間地聊那些她不感興趣的文學及搖滾樂，而從未表現出絲毫的不耐。她都會說：「任何事情只要從妳的嘴巴裡說出來就變得好有趣喔」，很擅長鼓勵人，愚蠢如我也就信以為真，繼續談論著各式令人枯燥的文青品味，然後不管他人活得如何。

當時自以為活在地獄，看得通透，所以輕易地就對別人的生活與日子指手畫腳。出門購衣，她總會跟我一起去，認為我有眼光。哪有什麼眼光，為了襯膚色，選來選去結果都是粉色系，我的想像力如此貧乏，她還是信任我，每每依照我的意見購買，沒多久，她的衣櫃裡幾乎一半以上都是粉紅色的天下了，即使如此，直到現在，我仍不知道她喜不喜歡那些粉紅。我到底知道些什麼？

我們頻繁地寫信，手寫，即使是ＭＳＮ的時代，在不見面的寒暑假，我們仍然開心地挑選信紙、筆的顏色，寫上地址貼了郵票寄出去，並期待著回信。通常她寫日常瑣事，去了哪裡做了什麼，與家人的相處對話，或是收到我的信很開心之類的，而我，大概都是寫些難以理解的抽象情感，陰鬱暴力的情緒，自以為是的觀察或思考，反正都不是真的，滿紙謊言，我甚至希望她不要記得。

有次她寫信來，談及寒假裡閒來無事回母校走走，農曆春節前夕，高中的寒期輔導已結束，因此除了陪考的人外，校園的操場上空蕩無人，她一個人坐在司令台，給我寫信。在那樣的動作中，她突然覺得這輩子的時間都不是自己所控制的，都是等待，等家人、等男友，等到有人回來自己身邊了，她的時間才又開始轉動，在那之前，一個人都是空白的，她只能無盡地等待。讀至此，我認為她不夠了解自己，大概回信又幫她自我檢視了一番，應該也有建議要取得人生的主動性等云云廢話，自覺高度比人高，見識自是與她不同，推翻她對自己的建構，代之以我的，以為這樣才對。類此毫無交軌的地獄似乎重複過無數次，但向日葵很有耐心，還是與我通信，我們做一對好朋友，盡責地持續大量交換彼此的資訊及語言。

那年生日，先約了幾位朋友一同晚餐，接著我和她再到二十四小時營業的咖啡廳續攤，兩人聊天直至天明，吃了蛋餅豆漿當早餐後才回宿舍睡覺。聊了什麼，已不復記憶，只知道那是話語量的高峰，身體極度疲累了還是要講，我需要一個容器，裝載我的語言，跟我面對面，好看清楚自我的輪廓，何其自私，我甚至只把她當成一個容器對待。夜色涼如水，向日葵的臉在晚風中淡淡的，想對她說的話，好像無法留在她的臉容、她的心裡，只是擦過，滑落，爾後被風吹走。

我們安穩地升上大四，她忙著補習考研究所，我不住宿了，通勤，尚未思考畢業後要幹麼。就在此時向日葵的戀愛順遂了，遇見了很好的人，於是我理所當然感到她的人生一切正在好起來，與正在向下墜落的我不一樣，我很放心，於是就專心一意地耽溺在自己所圍困構築的深深憂鬱裡，眼裡沒有別人，很想與全世界為敵，但世界不會在乎我。

畢業的前一個月，我和向日葵又同組，合作一堂選修課的期末作業，完成一齣戲。排演過程中雖有不盡人意的缺點，但幸好最後演出時一切都很完滿，結束後我提議來去吃頓好料的當作慶功，以為就像之前的無數次那樣，只要我提出什麼，向日葵總會接受。但是她卻說改天。研究所她是備取，不確定能不能備上，因此她已找了份教課的工作，等畢業後就要開始上班，現在要先準備受訓。「我想先去找些相關書籍來看，先走了」向日葵如此說，顯得甚有決心，彷彿她早已覺悟外面世界運行的規則，她知道，她要走出去了，正面迎敵。她要去接受這個世界。

就這樣，當我厭世地不斷詛咒著這個世界時，向日葵卻試圖走進去，我不免有種被叛之感。她要走向光亮處，應該是好事，但我好像也沒怎麼祝福過她，以為這就是我與她之間的分歧了，此後各自循路去走，在人生的進行式中持續讓對方知道自己活得如何即可。

我們繼續做一對好朋友，維持表面的和平。向日葵順利讀了研究所，開始頻繁地上起所謂的心靈成長課程，說是要學習接納真實的自己、要懂得釋放心理的負能量，才能將自己調整到最好的狀態。剛開始覺得沒什麼，我也因為在準備重考研究所而沒有心思顧及他人，想說朋友開心就好，就當作去紓壓。那陣子她偶爾發發網誌，文字從以往滿懷淺愁的少女詩情，劇烈地轉向一種固定的敘述模式：先談一件日常瑣事，然後從中找出缺點自我分析批判，最後以祈願的語調陳述要接納這樣真實的自己，要接納愛。發生在向日葵身上的每一件事，都被她用同樣的敘述邏輯賦予差不多的意義，結尾毫無例外地就是要接納真實的自己，接納愛，彷彿這整件事如此就有了個說法，可以自此結案，從此分明，歸檔到已被解決的抽屜裡。

人生的所有難處被她用相同的文字與情緒給萃取出來，連別人的也一樣。考上和向日葵不同的學校後，不知何故，我又開始變得不愛說話了，從前渴求有人能理解自己的蠢動，竟莫名地消失了，我有點害怕，怕自己會漸漸地失去現世的各種欲念，最終斷了與這個世界的連結。於是我去到了向日葵的租屋處，那裡是她讀研究所後才租賃的地方，我未曾去過，那是第一次，也是最後一次。學生住的套房通常不大，放了床與書桌後，就沒有什麼空間了，她坐床、我坐椅子，對坐著，想聊天，但總是聊不太起來。

她的小房間裡依然保有大學時代我熟悉的生活樣貌，但也擺放著從心靈成長課程中買來的東西，書籍、講義、花精，還有我不知道如何稱之的卡片，這些都讓我感到有點陌生，但我還是做出最後掙扎，試著向她說出我的近況、令我煩憂的生存狀態，聽完後，她拿出兩副牌讓我抽，我抽了，向日葵將牌翻開，上面分別有著彩虹和人像的圖案，底下寫著：「你是個擁有正面能量的人，你的所有一切正待好轉起來，往有光的方向前去……」諸如此類的，非常勵志的語句，應該開心的，但我卻感到被冒犯般，因自尊受損而暗自觸怒起來。她說這兩張都是很好的牌，很為我高興，一切都會好起來的，接著她拿了一個信封將牌裝起來交給我，希望我時時帶在身邊，對我會有幫助。她的神情如此認真，也沒有敷衍我，不隱瞞不藏私，將她目前為止人生中所習得的最好的一套脫困之道，展示於我。向日葵一如往常，把最好的都給我，這次也不例外。

於是我帶著那個信封，離開了向日葵的住所，從此再也沒有去過。天空欲雨，但我不要它下下來。

我不信世界會如此待我，向日葵依然還是向日葵，只是有些地方變了，人都會變的，我不也隨著年紀增長而越來越貪生怕死，變得開始留戀物質生活與社會上的生存姿態？有什麼資格要求別人不變，我不能這麼貪心仍期待她仰望著我而轉動，她有自己的定律與軌道了，這是好事。可不安及惶惑始終未散，我試圖使用各種方式與她對話，想建立以前那樣緊密的連結，但每每如遇銅牆鐵壁，我的花招被反彈回來，毫無效果可言。我不相信，試了又試，但向日葵所建立的那套模板彷彿能將所有人事都吸納進去，用同樣邏輯拆解，然後重新組裝，產出面目相同的世界觀。我也被她用這種方式對待，與其他人沒有等差，我一點也不特別了，心靈成長的強大樣板功能將身邊的每個人量產，一律以同一規格製造，什麼都能理解、什麼都能掌握，不必再針對不同的人事處境去建立獨特專屬的關係與連結。於是我被向日葵量產了，就跟她所接觸到的其他人一樣，我們繼續做一對好朋友。

她開始吃素，做一個潔淨的素食主義者。加工食品不吃，很多辛香料不吃，不是有機的不吃，偶爾我們約吃飯，吃到參雜胡椒粒或洋蔥的食物，她會很不舒服，這種不舒服既是生理的也是心理的，覺得身體的能量被混濁變得不乾淨了。如果我們去到的餐廳太過昏暗或房子老舊，向日葵也會感到不舒服，不喜歡那種地方，說是空間裡有太多混雜的情緒與能量。我大概也累了，什麼都依她，想說只是怪癖變多，就配合她，也沒什麼。

等到她去上與天使溝通的課程時，我才覺得不對勁。向日葵跟我說她與天使建立了連結，可以聽見天使的聲音，有什麼問題都可以向天使請示，天使會指引她正確的方向，並跟我說了幾個受到天使幫助的事件，我聽了，依舊沒說什麼。一直以來，我都對於人必須要活得正常這件事感到不屑，認為這都是相對規範而來的，將人圈囿在正常的柵欄裡頭養活是非常暴力的扭曲，歧出的枝枒應該讓他自由生長。

但對於向日葵，我究竟是讓她自由，還是我根本就懦弱地閉起雙眼不予理會呢？

我從未與她提及我對所謂心靈成長的看法，也完全未曾顯露過支持或贊成，關於她的人生中正在接觸或前進的一切，我總是表現得落落大方、毫不擔憂，以示我對她的信任，我相信她所選擇的。可是就連那些被拒於門外的感受、被她一視同仁所帶來的屈辱，我也吝於表達。「我覺得我被妳拋下了，妳現在對待我的方式，就跟對待別人沒有兩樣」如果我一開始就這麼說，情況是否會與現在不同？

向日葵說她媽媽生氣了，不准她再去上天使的課，連帶地也訓斥她不應該花那麼多錢去上心靈成長的課，「可是這是我自己的錢，我有權利拿來用在使自己開心、有所成長的地方」向日葵顯然不滿，但她還只是個學生，生活上的大部分支出仍靠家裡供應，也不得不暫時安分一點。與天使溝通的進修是沒再去了，但仍然時常去上課，課程費用不便宜，向日葵說是男友拿給她的，她比較喜歡用男友的錢，因為男友不會阻止她，「我花我男友的錢比較自在」向日葵這麼說，臉上的神情我看不出來是不是真的開心。我什麼都不知道。

後來的日子，我還是會去找她說話，即使這當中的每一次都感到我和她已是平行、永無可能再交會的兩條線，我還是繼續著，彷彿是一種極度緩慢，進行中的揮別的手勢。像大學時期那樣，強烈地感到被向日葵理解著的日子，已經結束了，此後的每次相見，都不過是各自的自言自語，誰都無法被理解，也沒有人可以理解對方，只是盡責地坐在那裡，進行一場複製的儀式，有形而無魄。

研究所畢業後，我又再次地賦閒在家，準備公職考試。偶爾傳訊問候她近況，仍是沒有固定的工作，接案子教作文，賺到錢就拿去上課或是帶營隊、當志工，就這樣過下去。

那個時節，彰化發生了一起宗教團體的虐死案件，我和向日葵的母校亦有幾位老師牽涉其中。他們參加心靈團體的事之前早有耳聞，沒想到就是電視新聞所報導的那個，如今還鬧出虐死，我們不免傳遞訊息問對方看到報導了沒。在我們的印象中那幾位老師人都不錯，為什麼會去參加那種奇怪的團體呢？因為此事，向日葵忍不住吐露，每次看到類似的新聞，心裡總忍不住發抖，畢竟自己也是踏進心靈團體的人。我本可以順著她的話說：「是啊，所以妳就別再去了」的，可是我沒有，反而輕巧地將話題轉向了別處，一如她未曾說過任何話。

我們的心靈曾如此接近，如今我卻背離了心靈，倦怠地往世俗的一切靠去，成為一個凡事淡漠、只求安穩正常的大人。所有與己身不同的，已然疲於理解，只會盲從地抽出那名之為「正常」的刀斧，一刀砍下，將所有的異己悉數除去，任憑風吹水流，再不管他人生死。

此後我的人生運途變得異常順遂，通過了國家考試，擁有穩定的薪水與資源，鎮日與藝術文化為伍，閒暇時就去看展覽、喝下午茶，日子過得好不愜意。面對年輕的自己，我背過身去，扛起現實的經濟重擔，抱著幾近赴義的決心，無恥地進入冠冕堂皇的國家體制之內，厭世，裝死，無論哪種，都必須得厚著臉皮待下去。

不想長大，因為長大的一切都令人厭煩到想死。如今長大了，那種厭煩感只會越來越麻木，漸次淡薄，最後牙一咬，就過了，然後就會更加感到沒有什麼事情是過不去的，終究倚老賣老起來。所謂長大。

「我很久沒和她聯絡了，也不知道要聊什麼。以前還會想說起碼每年她生日的時候，大家可以約出來一起吃個飯，現在也不想了，如果她沒有主動約，可能就不會再見面了吧」，跟M見面談到向日葵時她如是說，顯得疲乏。

「是喔……」除了這句，我已是什麼也說不出來了，關於向日葵的話題，在M短暫地說了那幾句之後，便無人提起。我們走過冬日夕照的草地，繼續談論M棘手的工作、台中的房地產景氣，或是家裡的開銷變多、北部最近有什麼好看的展覽之類，那麼專注於現在，猶如一對沒有過去的人。

天色暗下來，風於是吹起，捲掃地上的沙塵與碎葉，在腳邊纏繞，不久，捲來了一朵小白花，像是剛剛才掉下來的。我和M都注意到了，但沒人開口指出那花的存在，我們既沒踐踏也未停下腳步，而是有默契地繞開它，朝著前方未亮的街燈，越走越遠，不再多看一眼。

如羊

去到蘭嶼的約莫第三天，打開小筆電，想聽 Girls 版的 The End of World，才發現電腦裡竟然沒有儲存任何一首歌，又沒有內建 Wi-Fi，無法上網，百無聊賴，晚飯過後便與同行者沿著環海公路散步消食。

從紅頭村往漁人的方向前行，星期六的夜晚，島上觀光客大概暴增一倍之多，但也沒什麼人散步，摩托車隊一叢接一叢地從身旁呼嘯而過，偶爾閃亮了沒有街燈的路段。去到的那幾日雲層算多，因此即使走在無燈的近海彎道，海面依然看不到像明信片那般月光灑落的銀波粼粼，摩托車遠去時，路面便瞬間暗了下來，海聲潮潮，景象應當是空寂的，我卻覺得很吵。走進巷弄不久，即看到有群人圍在一戶住家前，不知在觀賞什麼，經過時，人群剛巧散去，才看到原來是當地人坐在自家的門口殺飛魚，亦有人於夜晚燃起一堆煙用以燻魚，這些日常景觀，總伴隨著無所不在的觀看視線，緩緩進行。順著下坡路準備離開時，煙正好隨順風勢吹向我們，這是旅行中的夜，我一點都不想知道是什麼吹向我。

M多年前曾來過蘭嶼，對這座小島留下了深刻的美好印象，此次重返，多半是為了記憶中那蔚藍的太平洋之召喚。我沒去過，對於海洋也沒特別嚮往，此次出行，只是想在工作之中喘口氣，所以M邀約時，沒多想便答應了。我不是一個喜歡移動的人，也不熱愛旅行，從出生、求學到出社會工作都在同一個地方，與M那種依靠旅行自我修復及充電的生存模式，完全相反。對於自己這種如如不動的生活，我也疑惑，偶爾參雜恐懼，害怕自己正在錯過了很多未知的美好的風景，什麼都不去經歷，就這樣待在同一個地方直到死去，再怎麼想都似乎太違反現世的風潮，於是我想，那就離開台灣這座島看看吧。

除去兒時在台中港短暫搭船遊玩的模糊記憶外，這是第一次離開陸地。從後壁湖搭船，不巧頗有浪，吞了暈車藥後一路緊閉雙眼不敢朝外看，陰霾天，彷佛是獲罪流放，心情、天氣、船上的氣味，都讓我錯覺是在渡幽冥之河，暈到冷汗直流，久久不能結束。

老闆娘說前兩日蘭嶼還下大雨，幸好我們到達後天氣好轉，眼看就要放晴，我沒什麼心思管天氣，全身疲累得只想回家睡覺。中午在東清吃過午餐後，一度晴朗的天空又再度轉陰，於是我們一行四人跑到餐廳隔壁的涼亭發呆兼補眠，然後我發現，蘭嶼的涼亭是要脫鞋的。我有點猶豫，但是我看同行的幾個都毫無掙扎、非常迅速地脫下鞋子，赤腳踩在涼亭的木地板上休息了，包括有潔癖的M。我摸了涼亭的地板，有些許沙子，後來我選擇坐在涼亭的邊沿，這樣就不必脫鞋，雨下下來，不大，斜斜的雨絲隨風陣陣落入海面，同行的幾位都睡著了，就只有我，尚無法融入當地的生活情境，滿懷心事又精神緊繃地坐著看海。我端坐著的姿勢出現在蘭嶼的海邊一定很怪，但我無法，彆扭如我無法脫鞋與陌生人那麼靠近地坐在一起。我感到自己對這個環境與文化不友善地排斥著。我想回家。

「妳對蘭嶼的第一印象是什麼？」M問我，想知道我對這片土地的感受。

「大概是，路上有很多大便。」不太美麗的印象，我坦白說。其實路上有大便也沒什麼，我上班的路上就經常有狗大便，但不知為何，蘭嶼路上的滿布大便現象就特別刺進去我的眼裡，大便的意象如此突出使我備受衝擊：「我想我可能有點文化衝擊吧。」

解。

「文化衝擊？也太誇張了吧！」M不置可否，但對於甚少離家的我，大致也能理解。

「還有就，空氣中充滿了非常濃厚的魚腥味吧。」我們去的時節正巧是達悟族的飛魚季，因此不論走到哪裡都可以看見曝曬飛魚的架子，在日照強烈的光影之下，那被以特定的姿態剖開串起的飛魚，隨風搖曳，彷如某種具有語意的風鈴，一排排一長串，風一吹，魚架之影便形成神聖場域般的氣場，傳遞出古遠的屬於大自然界的密語。這是我這個外人發揮想像力的少數時刻，大多時候，我都因為魚腥味而頭腦發昏，戴起口罩在蔚藍的海岸閒晃，像是一位來自都市的病人在此地療養，哪裡是度假。

第一天晚上在蘭嶼唯一一家的素食餐飲店吃晚餐，尚未食畢，就聽到要開門出去的另一組客人驚聲尖叫，原來是店門口飛聚了成群、巨量的大水蟻。老闆娘暫時把門口的燈關掉，希望蟻群能夠散去，但成效不彰，拍翅的身影仍未消失，等到我們吃飽時也是如此，無奈，只好一鼓作氣衝出門，以最快最快的速度發動機車、戴上安全帽兼拍掉椅墊上的大水蟻，趁大水蟻還未飛撲過來前，亮起車燈加速前進。奔回宿處的一路上，行馳中的車燈光源，仍然吸引著大水蟻撲面而來如雨下，偶爾一隻兩隻，碰巧鑽進了安全帽的鏡片裡，阻礙了視線，其實視線不打緊，重要的是有蟲攢動於眼前甚至臉面這件事實在使人崩潰，但遠方未抵，我們不能停下腳步，因為一旦停下，群蟻肯定蜂擁而至，我們只能不停地前進。蘭嶼小巧，但這段路卻很長，有蟻鑽進安全帽裡的崩潰感，也隨著路途的拉長而變得有些習以為常，後來再發生時，就伸手將鏡片裡的大水蟻抓出來往空中一丟，這樣的動作重複數次，身上的搔癢感也不再那麼鮮明，有點麻木機械地，就一直重複那拋丟的，一種人類獨有的適應環境以利生存的手段直到目的地，使我覺得，即使是地獄，人類都有辦法生存，真是可怕。

隔日大晴，我們決定到海邊走走。

在那樣的晴空之下，蘭嶼的海呈現漂亮的水藍色，是明信片、電視上所強勢宣傳的度假勝地才會有的藍色。我穿著涼鞋踩在沙灘上，浪不大，帶點韻律地向我湧來，而我並不想靠近海，自始至終，都離海水遠遠的，背著相機，意興闌珊地拍下朋友開心踩踏海水的身影，看海，一點都不療癒，內心並無半絲平靜的意思。我不知道我到底來這裡幹麼。

來蘭嶼，我竟然帶了筆電，然而民宿房間沒有桌椅、沒有插頭，所有的用電都需依靠從房外牽進來的一條三孔延長線，我們一行四人的手機充電還得輪流，根本沒有空間可以容納電腦的使用。我帶了非常無用的東西來，感覺這無用也包含了自己，然後又拋不掉，原本應該要有的放鬆與悠閒全都灰飛煙滅，徒具軀殼，心不在焉地遊樂，同時焦躁著這趟旅程為何還沒結束。中午炎烈，我們躲進一家咖啡簡餐店吃午餐，食物不怎麼樣，咖啡也很普通，於是大家開始寫起明信片。我本來不打算寫，但大家一副有備而來，筆、郵票、明信片，全都帶在身上，那些心中的言語想必都有了可供寄託的對象，在旅程裡，似乎特別有書寫的欲望，但也有可能只是義務或炫耀，因為旅行多麼奢侈。

有一張天色將暗時，羊群盤據山頭的剪影明信片，很普通的一張，但我買了。沉澱的藍，是要邁向夜晚的過渡色澤，羊的臉看不見，只留下輪廓，不知道為什麼，我突然感到很安全。

靜止的羊。

與V多年未見，也很少聯絡，最後一次見面聊天是四年前，傳說中的世界末日年。那時候正在寫論文，很意外地，產出論文這件事竟是我人生中少數可稱上是愉悅的事情之一，總覺得在文本與理論的閱讀裡，人生的齒輪被一層油膜保護著，尚未開始鏽蝕，我還可以理直氣壯地抗拒某些東西，是非常完整的，在活著的感覺。可是V沒有，她到後來甚至不與我談論她的論文。我想這沒關係啊，不聊論文我們就聊聊別的，聊聊文學，聊聊最近正在讀著的小說，或者，甚至聊聊最近買的好看衣服或保養品之類的都可以，只要能見面聊天就好，但後來也不見面了。我想我是被拒絕了，因為我身上的某種特質或生存樣態，而被V拒絕了，我不知道是怎麼回事，也沒人對於這拒絕正式地提出或命名，就是非常突然，堅定而平靜到順理成章地，不再見面了。

待在蘭嶼的某日黃昏，我們騎著車要回住宿處，在路上碰到了羊群。朋友將機車停靠路邊，想靠近拍拍羊兒們，但只要一靠近，羊群便加速往前幾步，以便和我們保持著一定的距離。羊在跑著時，感覺並不是由於對人類或車輛的恐懼而躲避，像是本來就該如此，為了生存，平淡而冷靜地趨吉避凶。就這樣重複了幾次只要有人趨前、羊群便規律地往前移動好讓我們拍不到照片的循環後，原本擁擠在馬路邊緣前進的羊群，突然有一隻羊，偏離了原路，往右方的樹叢峭壁處鑽了進去，然後一隻兩隻，羊群隨即陸續地跟著鑽進樹叢裡，直到馬路上淨空、再也沒有羊為止。其實只是一瞬間的事，領頭羊帶著牠們，很快就看不見了，突然改變的路徑、移動的速度及領頭的那隻羊，一切都很理所當然，像是心中早有暗譜，群體是不容遲疑的。然而不曉得為什麼，我第一次對於不容遲疑這件事，不再感到畏懼。

V後來終究是沒有完成學位，當然，因為不見面了，我也沒有機會問她這此間種種。V是少數我所遇見的文學閱讀者裡，不那麼傲慢與排外的，對於書，她總有一種崇敬近於感恩的態度，而不會以文學的品味異同來做為評斷一個人深厚淺薄的資本，同為文學愛好者，我很感激能與V密集談論文學的那段日子，縱有觀點的不同，反倒是拓寬了自我而非被割傷。這樣的V，卻似乎在人生的某個節點停下了，對於繼續前行的我，她是怎麼想的呢？

於是我向朋友借了筆，寫了明信片給她，在不見的四年後。大意是說在蘭嶼遇到了羊群，以及那隻領頭羊所引起的淨空效果，使我感到人生的前進亦如羊群，只不過那領頭的與追隨的，都只能是自己而已，最後祝她人生如羊。不知所云的，就貼上郵票寄出去了。

後來我收到了V的回信，滿滿一張卡片，寫的全是她以前在新疆旅遊時也遇到的羊群趣事，而對於她自己目前的生活依舊隻字未提。傳達這件事是非常困難的，常常抵達不了，就算抵達了也已非本來的面貌。我的羊群和她的羊是同一件事嗎？羊群們的不容遲疑的前行令我震撼，路途那麼曲折，氣候也時常惡劣，停下腳步當然是必要且必然的事，然而一旦行進了便一頭接著一頭，過多過久的停頓或遲疑，都有可能會使整隊羊群處於危險的情境。

人生如羊。路途上的偶然停頓該是很好的自我養護，但過久的遲疑與靜止，有時卻可能是一種傷害。領頭羊起步了自己卻未跟上，等到羊群遠去，濃霧消散，失去方向的羊只能待在原地，永遠地靜止下去，是死是生，都如幻夢。

蘭嶼之旅的倒數第二天，午飯過後，我們又到路旁的涼亭歇息。這次我脫了鞋，爬上可以眺望海洋的位置坐了下來，木地板依然有許多細沙，不遠處的沙灘上依舊散落著垃圾，旁邊還坐著一位剛從冷泉戲水回來的小妹妹，頭髮濕濕的仍在滴水，正開心地吃著冰涼的罐裝八寶粥，距離我很近，我還是不習慣，但吹著太平洋的風，我在那裡待了近一個小時，舒服到快睡著。其實不用害怕的，無論處於何種境地，都有辦法適應或生存下去，這就是人類。

這個社會那麼糟，糟到連蘭嶼的島上海裡都布滿了垃圾，令人卻步，更糟的是，就連時常厭棄社會的自己也有可能是糟糕的，然而這一切，都必須等到踏入了才會知道。V，有時就是得鄉愿地讓內在領頭羊的機制啟動，亂鑽亂探，朝一個未知忙亂的方向前進，人生如此才有了動感，才能理直氣壯地說我厭倦了，我走錯了，我要停下來，因為人生就是這麼無聊又世俗的一件事啊。有什麼關係，我們就過著斤斤計較薪水及日常開銷的庸碌生活，然後一直累積著重複又無用的經驗，終至幻想著，內在那頭被我們餵飽歲月與風景的領頭羊，有天能福至心靈地看清去路，帶我們去到屬於自己的地方。

離開蘭嶼的船班是下午四點，因為已經歸還摩托車，便也無處可去，只能在開元港附近走一走打發時間。想再看看羊群，走去燈塔那裡的草原，卻只有兩隻小羊躲在樹下避暑，其他的羊不知所蹤。等到我們在舊港的碼頭排隊上船時，才看到新港那邊的堤防上站著一隻黑羊，牠靜止了一陣子後，突然往斜坡下衝去，緊接著從路的盡頭處湧出一群羊，黑羊從中穿過去，小跑步到羊群的前頭，領著那群羊往草原的方向移動，直到完全自視線隱沒為止。而日頭依然熾烈，我們正等待啟航。

流

坐在車裡翻問題稿的時候，外面果然開始下雨了。我很苦惱，苦惱即將抵達的城市的陰霾，讓我非得關注時間才知道黃昏什麼時候會來？來了沒？是不是已經快要來了？雨越下越大，天氣陰沉，而我很苦惱。

黃昏，有怎麼了嗎？

今天要去採訪你的朋友，昨夜一整晚躺在床上，在想，應該要用什麼樣的模式前去比較好。現在有高鐵，從台中到台北不到一個小時就到了，可是太貴，而且一路上的風景也沒有火車好，拿杯每日精選站在視野開闊的高鐵月台上等車，也太像高級人，站什麼姿勢都怪。客運呢，必須等待無數個紅綠燈和無數個轉彎，然後車上不是放好萊塢愛情喜劇片就是《哈利波特》系列，如果沒吃暈車藥，這樣下去我會吐，我只是要去做個採訪而已。想要簡單一點，越想簡單就越睡不著，到底該選擇怎樣的先進工具才是最合宜的，一切的資料究竟是要打進電腦裡列印出來，還是用藍色原子筆一個字一個字地寫下，錄音要用錄音機錄音筆還是手機的錄音功能就好，而我又該問什麼問題，才能最靠近那個答案，才能遠離整個世界的聲音，同時離你最近。覺得困難，想了一圈，依然什麼也不知道。

你說你記得童年是什麼時候結束的，這很困擾，因為我也記得。現在是半夜所以看不清楚，如果是白天，從客廳窗戶看出去，繞過那排平房，有一片小小的密林，要穿過它，才能到得了池塘。池塘不大，水很淺，在接近陸地的極淺處常常有許多蝌蚪浮游，像一圈黑色的毛毛的邊。除了海邊，爸爸很喜歡在那裡釣魚，其實池塘裡根本就沒有魚，只有一堆不能吃的蝦，有次釣了一大桶蝦子，提回來放在門口，一隻蝦跑了出來，爬上一塊石頭對著我們的方向張開前螯，比著大大的V字，然後維持這個姿勢好久，我們還去拿照相機幫牠拍了照，而牠竟然還是不為所動，一直擺出大大勝利的「V」，如今想來覺得很扯，我懷疑我的記憶可能有點問題，不過這確實是最後一次，雨突然落下來，沒有等到黃昏的夕陽就結束了。之後爸爸開起了舞廳，我開始上學，該怎麼說，日子好像在快速遠離那座池塘般，隨著那裡溺斃了人、有強暴案發生，再加上因為亂扔的菸蒂所引起的一場火災，池塘搖身一變成為現代社會的危險禁區，任何良善之人都不可以靠近。我開始感到這一切一定是因為那天沒有等到黃昏的緣故，讓好端端的池塘離開了童年，莫名其妙童年也就離開了我，我和池塘同時陷入了時間的直線輸送帶，一去不復返。討厭的雨，討厭的人類。

該用什麼開場白，該進化升級到什麼模式，才有資格，或說規格，去尋找那個答案？

夢裡的魚游過，巨大如一面牆，當牠擺動魚鰭滑過我家巷口的號誌燈要朝我而來時，我醒了，呼吸很困難。我重新回到客廳，複習了你的友人們所寫的紀念文章，寫了你坐在大太陽底下抽菸的事，不知道該怎麼說，我覺得很困擾，肺部缺氧，呼吸困難。乾脆以腮呼吸算了，我想。

如果台中到台北陷落成一條河，而我跳進這條原始的流速裡，不曉得要多久才能抵達。這裡多霧，北部多雨，濕濕冷冷的奇怪的溫度，適合不說話的變溫魚類生存，順著這條想像的河流，必須要沉潛到不同的深度，好調節體溫，緩緩前進，前進到最靠近那個答案的邊緣。你有寫過一場雨，不知道你寫的時候是不是正在下雨，台北常有雨，我想你是每天趁著進辦公室前的那一兩個小時待在咖啡廳裡完成的，搞不好窗外就恰巧是雨天，所以你把雨寫進小說裡，讓悲傷的事情在雨中自己說話。因為你一向不太說的。

我不想說話了。

越說，總好像就離你越遠，不如用書寫將自己寫成一尾魚，安靜地游向你。時鐘指向三點，整個客廳裡只有電腦螢幕發出的亮光，目的地的轉程路線裝在亮光裡，一瞬之間我突然讀不懂上面顯示的符號所代表的意義，我好苦惱，要不要丟掉這些運輸符碼，直接用這具沒有調溫系統的身體，感應著河流裡各個深度不同的水溫，逆流而上，然後根據你的溫度找到你。你說寫作是一座冰山，所以你是冰山。為了尋找答案，我必須先知道冰山的溫度。

到底，為什麼要寫呢？你為什麼要跳進這書寫的流域裡？

我覺得很冷。凌晨五點，我又起來了，想煮咖啡喝，可是胃很痛，好想放棄，我覺得我會游不動，怎麼辦。萬一游到半路，結果台灣發生大地震河床裂開了，或是火山爆發滾燙的岩漿流進河裡改變了溫度，這樣我就找不到你，而且會被滅絕，要是世界末日來臨，地球大饑荒，我會不會被抓起來吃掉？可是我都還沒有找到那個答案，世界末日怎麼可以來，我不准。重來。

凌晨五點，胃有點痛，起床後吃了早餐吃了胃藥，打開電腦，還是決定搭客運，便宜，反正吃顆暈車藥就沒事了，不需要跟自己的錢包和胃過不去。至於問題的擬稿，我的這份列二十個，受訪人十個，其實不會問到這麼多題，裝飾用的。今天還是有霧，視線很模糊，站在路邊等垃圾車時，望向家的後方，那片密林早已不見，池塘也被填平，一切都罩在雲裡霧中，這下子連早晨陽光都看不見了。希望台北不要下雨。

大概到桃園吧，雨就開始下了。

我想今天八成也等不到夕陽，還好車上不是播《哈利波特》，在播港片。等一下到火車站還要搭捷運，搭完捷運還要坐計程車，計程車也不知道找不找得到那家藏身在巷子裡的咖啡廳，說不定要轉個好幾圈，這樣下去肯定遲到，連午餐都不用吃了，而且我好像還忘記帶傘，真糟糕。雨也沒有要停的意思，被雨困住，被去台北的焦慮困住，被言說困住，被追尋困住，被雙腳所及的陸上地圖，困住了。

為什麼，可不可以不寫？

你寫過好多動物，有兔子、獅子、狗、羊、猴子，為什麼常常提到動物園？為什麼喜歡寫遊戲？童年的遊戲結束後，人生好像就被丟出美好的迴圈，往面向大海的河流縱身投入，書寫童年，是不是試圖逆流游回水源地，不想被毫無反擊地沖進馬桶、流到海裡。我很貧乏，寫來寫去總離不開海，小時候爸爸時常去海邊，幾乎不在家，我就算不去海邊，一出門也會有強勁的海風想把全世界都吹回海裡，我沒有童年，我的童年只有海。我討厭海。海奪去我的雙腳使我退化，退回海中，肺轉換成鰓，足變為鰭，不知道該去哪裡，已經沒有標誌可以供我辨識，我被海給困住了。深深困住。

如果書寫，不能開放我自己讓東西流入而得到自由，又為什麼要寫？海裡太寂寞，海水已經冰冷，從不遠處又即將飄來你這座冰山，更像快要進入冰河期。一切生命都要按下暫停。為了得到想要的自由，為了從童年的深海探足成人，我試著在狹小昏暗的桌燈前擺出書寫的姿態，可是怎麼擺都擺不好，不小心，一往後，又摔回海裡。我是否一直止步不前、停留在古老命題，而從未察覺其實仍然處於尚未進化的階段？

到底，書寫是什麼？

終於到了台北，雨竟然停了，我非常驚訝，可是沒有雨也沒有幫助，依然又在火車站裡迷路。肚子餓，無奈已經遲到也沒有時間吃東西，想買杯咖啡提神，可是就要去咖啡廳了還買咖啡也很怪，還是乖乖跳上捷運到台大去。

總不免很沒出息地認為，我們寫，寫不過生活，也寫不過這個時代。書寫與生活互相滲透之後，卻又變得勢不兩立，我與海，是否也漸漸在形成這種對峙而矛盾的模式呢？問號太多的魚類，始終無法開口詢問，只能靜靜地，學習適應這已然劇變的水溫，然後痴心妄想等待著黑潮。我太笨了，所以我書寫，然後痴心妄想，等待有一天拔足狂奔。

採訪結束時已經下午五點，仍然沒有下雨。烏雲間，夕陽餘暉出來了，落在牆上貓咪溫暖的毛裡，溫州街好安靜，不像台北。餓過頭的肚子已經沒有飢餓感，風吹來，很細小，小小細細的雨隨風飄來，可是夕陽還在，雨很微弱，夕陽也很微弱。很快地天空暗下來，回過頭，我開始尋找回家的路。黃昏令我感動，在這個抒情難以生存的年頭，我必須這麼抒情地寫著。

最好再暗一點，遮住歸途，雨水漫過車道街燈、商店大樓，淹沒新細明體印刷字跡，衝出電腦螢幕，漫漶所有一切。於是我只能退化，流回大海，黃昏遺落，看似義無反顧了。

只是想要重新，重新生長一次。

卷三　不散

吃海的人

外公會這樣說：「吃海裡」，不是沒有原因。

外公是漁夫，家裡靠海，無論就地理位置或是經濟來源，外公說的這句「吃海裡」，確實，始終有它不可搖撼的事實根據。我是這樣想的。

可是顯然，外婆不這樣想，老媽也不這樣想，雖然他們早年一開始一路以來，也都是這麼想。這很奇怪。更奇怪的是，後來不這麼想的老媽，卻也嫁了一個很愛「吃海裡」的男人，即使他不是漁夫。只不過這之間，有點難釐清，有點棘手，可以說有點懸疑。老媽對於「吃海」態度的轉變，與老爸的婚姻時間點，孰先孰後，孰因孰果，導致後來有可能的互滲互涉狀態，是個問題。但是婚姻這種東西，想釐清楚的人才有問題。所以，從「屬牛的」開始，從屬牛的開始敘述，應該比較保險。

老媽的奇特推論是，她是生了我這隻屬牛的之後，才開始吃素。生我之後，與佛結緣，吃素護生之心萌芽了，不過由於她從小生長在吃海的家族，肉類還好，海鮮最難割捨，等到她真的完全斷絕葷食，已經是我上國中以後的事了。總之，她的想法是，牛吃草，想必是生了我這隻牛後，開啟機緣，領著她皈依佛門，一同吃草。可是如此一來，她與老爸的僅存交集就要斷線了。

父系家族這邊，似乎是遺傳性地沉默寡言，從小到大圍爐吃年夜飯，本該熱熱鬧鬧的節慶氣氛，我們家硬是悄然無聲，整場飯吃下來，只有偶爾幾句寒暄話，大部分都是夾菜聲與吃菜聲在撐場面，吃完早早就各自散場回家，也不會相約打牌聊通宵之類，彼此之間是有距離的。不想說是疏離。因為這樣，據悉，當年還在約會階段，約會時，老爸話少，兩人其實沒什麼話聊，每次見面都是固定行程：看海＋吃海。老媽因為從小被漁夫養大，當然不會排斥這種安排，大概是開心地坐在野狼的後座，被這個很愛吃很懂吃的男人到處載著她，一起吃葷吃海。只是當她第一次來到老爸家時，就完全被那種詭異又自以為自在的「最高品質靜悄悄」之家族氛圍，給徹底嚇倒，便要老爸再去交別的女孩。但是愛吃海的男人大概耳朵都很硬，還是把她給娶回家了。

他們感情不好。

興趣、想法、作息都不同。老爸是伸手牌，雖說寡言，個性卻不老實又無甚責任感，時常謊話一扯、拐著彎想向人拿錢，又好賭，這樣的邊緣性格放在一家之主的位置上，不意外，是一場災難。小的時候他們想當然耳經常吵架，老媽性子烈、直腸子，吵不過氣到一個極致時，還會拿椅子拿錢砸他，最經典的是有一次，她竟然隨手抄了一支雞毛撢子打起老爸來，老爸空手奪下，撂了一句：「肖查某！」就趕緊奪門而出，逃命去也。她也許對婚姻很失望，我們又還小，她沒有依靠，只有釋迦牟尼佛可以安慰對於婚姻生活、丈夫，雙重憧憬幻滅的無助心靈。

所以，她開始看不順眼。老爸的一切，她都很不順眼。有好長的一陣子，老爸喜歡釣魚，不工作，一天到晚都去海邊釣魚，他是逃避型人格，老婆罵他，父母念他，孩子也明顯地不太尊重且疏遠他，去看海，的確是個好選擇。可是單純看海似乎太遊手好閒又像不良分子，於是，釣魚好，既可看海又可以吃，一舉兩得。所以，老媽開始討厭魚，討厭海，皈依了之後，更討厭釣魚的行為，尤其不知道為什麼，老爸釣起魚來的姿態，她看在眼裡更是泯滅天良、罪無可恕，討厭極了，另外，抽菸一事也可運用此理等同理解。印象中，為了釣魚這件事，他們也吵了好幾百次，當然，這是不可能會達成共識的。可想而知，因為這場婚姻，老媽漸漸地從「吃海」習性裡脫離，連帶地與原生家庭做某種切割，不再吃娘家所捕獲的魚鮮。生我之後，婚姻持續低氣壓，老媽遂逐步走上不吃肉、不吃魚的吃草路上去了。

雖然生出一隻吃草牛，但很慚愧，身體卻沒有健壯如牛，不管怎麼餵，怎麼搞的，還是小小隻。

喜歡吃草跟屬牛當然沒關係，也不是家庭陰影心理創傷，大部分應當歸因於生理因素使然。說實在，我不太有兒時吃海鮮的印象，即使有，大多不太好，說不定還會被認為是吃海恐懼症的童年回溯之因。

關於吃東西這件事，我非常笨拙，也不太愛吃，可能因為實在太笨拙了，導致越來越不愛吃，吃東西像牛吃草一樣慢速進行，搞不好，比牛還慢。吃有殼類會過敏，吃魚會被魚刺刺到，連吃黑胡椒鐵板麵，黑胡椒粒都會卡在喉嚨咳老半天咳不出來，老媽於是常買各式各樣「開脾胃」的藥給我吃。效果不彰，在學校中午吃便當吃到午休時間，大家都趴在桌上睡了，我還沒吃完，還剩好多，加上左撇子用右手拿筷子吃飯，速度就更慢了。那時候，我大概有恨過，恨自己的左撇子，恨自己的小鳥胃，恨自己吃什麼都很容易嗆到噎到的細咽喉。無聊的怨恨。

老爸雖然也會跟我伸手要錢，不過以情理來說，大概還算疼我。小時候很愛帶著我到處去，包括魚市場。有次他帶我進去買魚，魚市場裡濃厚又實在的魚腥味，由於實在太好吐了，所以，難照顧的敏感小孩如我，就吐了。自此以後，他偶爾還是會帶我去，只是差別會買支霜淇淋，要我邊吃邊等他出來，不再帶我進去。至於釣魚，他好像也有帶過我，可是看海太無聊，我吵著要回家，之後他就自己去看海。

仔細一想，這些都是學齡前的史前階段。念了書，進入歷史時代後，或許是開始意識到他身為一家之主的不適任這件事，我跟老爸，也疏遠了，一天講不到五句話。他還是經常去釣海，吃海。沒有人要跟他說話。

我們長大，越來越不愛吃海，大多時候，跟著老媽吃草。沒有人跟老爸講話，也沒有人跟他一起吃海，卻很固執，依然常常背著釣具去海邊，回來煮著魚，端到房間，自己吃。

可是這樣的老爸，也是會老的。

當我們開始各自離家、讀書、工作賺錢，老爸不釣魚了。也不太愛工作，待在家裡，煮三餐的任務自然落在他身上。對於吃海吃葷，老爸依舊堅持，葷素大戰的結果是，老媽備妥兩份廚具，一葷一素，不可葷素都用同一份鍋具。但是老爸，還是都會用素鍋煮葷食，一旦被老媽發現了，氣得直跳腳，又去買一份新的鍋子。一開始會記得葷素分家，但是老爸，還是會趁老媽不在時，幼稚地偷偷用素鍋煮葷菜，以此不成熟又拙劣的行為抗議，他不要分。

吃海基因，還沒有做好演化的準備，於是措手不及，突然之間，大家都上岸了，長出脊椎開始啃草。還在擺著鰭的老爸，待在海裡，固執地抗拒養生進化論，他要逆著時間退化，就算最後只剩水草可吃，他仍要退回大海。拔掉脊椎，相信只要持續吃海，維持固定不變的生態食物鏈，族群就不會滅絕，不會分離，不會分支演化。更不會死掉。

奶奶在晚年罹患癌症，為著疾病和健康，也跟著吃素，吃素版圖的擴大，終於，沒有人再贊成老爸的飲食習慣了。都沒有人要跟我一國，沒關係，我自己吃，老爸應該是這麼想，可是不說。在心裡面，偷偷說。兩年前，奶奶過世，已經老大不小還時常向奶奶討錢的老爸，有好幾次，都自己關在房間，偷偷哭。奶奶是世界上無條件最愛他的人，失去這樣的愛，老爸往後的日子，想必更加寂寞了。

老爸越老，越像小孩，持續地「吃海」行徑，既是無法克制口腹之欲，也是想要回返，那葷素無須區分、大家還在一起吃葷吃海的，尚未分裂之前的飲食世界。因為那裡，沒有會人將他劃分出去。他堅持吃海，等在那裡，期待有天家人能夠回去，將裂縫縫合起來，又是一個完滿樂園，大家都在一起。可是，奶奶走了，老媽心也淡了，而倚賴電視與資訊與資本主義消費邏輯建立飲食習性的我們，不知不覺，也已經無法待在原地了。吃素，是一條時間輸送帶，將我們進化成人，染上消費社會的養生飲食觀，也無可避免地送往生老病死的生產線上去。老爸的吃海，是一種鄉愁，其實，他已經不在那裡了。

吃海世界，我從未到過那裡，也就無從找尋路徑得以回去。也回不去。只是，奶奶離開以後的日子，會想要去看看海，偶爾的時候。為吃海的人看看海。

Tears in heaven

兒時喜哭，家中長輩時常不勝其擾。

零售市場大樓尚未興建前，流動攤販群聚於靠近眷村的馬路上，形成一早市。除了吃食果蔬外，有一攤小火車的遊樂具，鋪設軌道，付些錢，就可讓小孩子坐上玩具火車煞有介事地繞行一圈。由於年齡差距，當兄姊皆已就讀小學時，我還處於需要依附於母親的學齡前狀態，有次跟著母親去到市場，她便先將我帶到那攤遊樂具，拜託老闆看顧我一下，付完錢後便兀自去採買食材，消失在人群裡。那具火車不停繞行，老闆將我拎起，放在其中一個空的位置，任由我在那個人造的軌道自轉。我坐在假火車上，完全沒有遊樂之感，被遺棄的恐懼席捲而來，雖然明白母親只是暫時離開，但我無法忍受那恐懼的過程，哭了出來，央求老闆讓我下車，我遂獨自在洶湧的市場人潮中尋找母親。不消半刻，便找到了，母親以訝異的表情回望我，似乎很疑惑我怎麼會在這裡，之後只好牽著我，繼續未完的採買行程。

我曾經也是這樣的孩子，那麼地需要母親，或說依附於大人的安心感。

但是大人，並不能理解這樣的恐懼。家裡無車，小時候都是由二叔開車載著我們三個小孩與他一家人共同出遊，有日又至一個樂園遊玩，我們一行人來到一個停頓點，不知是在看表演還是動物，可能我看得投入，當回神時，發現他們都不見了，我置身於一個全然陌生的世界裡。我往回走，去尋他們的可能所在，但找不到，當我認真回想車子的停放處、打算走到那裡去等待時，他們忽然就出現在我的視線裡，一行人正在專注地看著某處的演出，絲毫未覺我曾經消失。本以為他們只是不小心將我丟失，但僅只一瞬，我瞥見姊姊露出了奇怪的竊笑，像是惡作劇後本能會露出的笑容與神情，看到之後，心裡一震，難道這一切都是故意的？

可那日過去，竟也沒人跳出來說：「嚇到了吧，剛剛是故意捉弄妳的！怎麼可能沒發現妳不見了」，沒有，就這麼過去了，一日復一日。宇宙沒有給我一個解釋。

於是在成長的過程中，這段記憶反覆地現身，彷彿要求我去找一個真相或說法，為了可以整合童年的陰鬱感受，我放棄了他們是惡作劇的可能性，而選擇「他們真的沒發覺我不見了」這一結論來安放我這段記憶。

我不斷地長大，放棄了這樣與那樣的可能性，成為了一個大人。不在於選擇了什麼，而在於放棄。放棄，才會徹底改變一個人。

等到父母發覺時，我已經變成了一個不哭的人，他們只是困惑，小時候不是這樣的，以前多愛撒嬌，怎麼長大後變成這樣，像是被換了靈魂似的。但也只是說著，其實事不關己，反正小孩會自己長好。

也沒怎樣，只不過是從一個愛哭的小孩，變成了一個文靜的女生，到最後終於成為了冷漠無涉的女人而已。

記得初上國中，第一天到學校參加暑期輔導，大家互相閒聊認識，整日其實無事，但放學後走在回家的路上，在學校裡所感受到的龐然陌生，引發了奇怪的恐懼，是很有量感的恐懼，將日常排擠出去，家屋與親人顯得很陌生，陌生到讓我害怕，忽然之間，世界不再是原來的世界了。此後，每到固定季節，突兀的陌生感便襲來一次，回望青春年少，幾乎就在這樣無機式的循環裡長成了現在的樣貌，直到大學，仍舊持續，我因此總覺得疲累，無心於很多事情。例如家庭關係。

對於家人而言，雖然沒有令人頭痛的叛逆期，但這個小孩就是變了。像是曾被外星人綁架，或是去過戰場、跑船之人終於回到家鄉卻感覺跟以前不一樣，像變了個人似地變了，陌生的女兒不再親暱，跟生人一樣淡漠，面對此景，雖然可能曾偶爾擔心，甚至感到有些可怕，但畢竟乖巧不惹事，也就過去。日子那麼繁忙，實在沒有必要去憂心一個看起來好好的孩子。

大學的生活很自由，課業相對輕鬆，許是有了餘裕，那種季節性的異域感因此來得更加猛烈。我不太能夠明白這種精神狀態從何而來，我到底是去過什麼樣的遠方，以致返鄉後變了個人、顯得格格不入？未知讓我困惑，恐慌逼得我有些瘋狂，但那種狀態反而便於感受，我吸收了大量的音樂與書籍，心思磨得很細，細到我自己有些無法承受的程度。那種時刻，我會戴上耳機播起音樂，只有聽音樂的時候，世界才是整合的，我變得很依賴音樂，沒有音樂不行。

但不包括 Tears in heaven 這首歌，每次一聽，就忍不住哭，一哭，就覺得自己又回到那個只會哭、尋不到路回家的無助童年。因此，我總是很節制地使用這首歌，不讓它過度地引發情緒，它是失控的按鈕，戒慎恐懼，無法時刻以之相伴。那是一種很矛盾的感受，既覺痛苦，又感到熟悉，有時甚至是撫慰柔暖的，關於這首歌，我總想把它藏得很裡面，不讓任何人發現，彷彿那是一篇不可告人的身世，事實上，從歌詞與風格也看不太出是哪一點足以觸發這樣詭常的情緒，從頭至尾，這樣的情感迴圈只生發在自己的內裡，不想讓它從我這邊流淌出去。

唯一的例外，是大二的劇展，我私心用了 Tears in heaven 當作戲劇結尾的配樂。結束後，比賽成績不錯，不甚相熟的L特地跑來告訴我，這首歌選得好，她很喜歡。我有些心驚，有如被看破手腳般的倉皇，但她說完後隨即離去，並無多言，我整理好自己的表情，安然地接受這個純粹的讚美。與L的交集遂僅止於此，等到多年後再有她的消息時，已是死訊。

聞此消息時，我正處於人生中的過渡狀態，要從學生階段移往社會網絡中的某個位置，因為待業，已經與社會網絡隔離開來。友人傳訊，得知了同齡者的自死，心裡著實淡然，霧霾卻逐漸瀰漫開來，我看不到來時的路徑，前方視野亦是一片白茫，我沒有辦法感受那是什麼，不太想接受。

做為全職考生，那已是第二年，考試結束後，才得知消息。也不怎麼，只是一直記得這件事，無論如何，那時已很少想到死亡，我甚至不再經歷每年都會到來的莫名異域感，不知覺間，從小到大困擾著我的許多東西已漸次退去，我的煩惱清單遂換成工作職涯的選擇與經濟的承擔，看似變成一個懂得考量現實與妥協的人了，藉由他人死訊，我才發覺自己很少想到死亡了。人多麼殘酷，得知他人之死，想來想去，最後還是回到自己身上，眼裡始終只有自己。

放榜的前幾天，我們與父親一起去醫院聽檢查報告，確定是癌症，第二期，離開醫院在回程的路上，心中仍舊淡淡的，不知該說什麼，印象中似是說了別再抽菸了、趁此戒菸吧之類的勸說之詞，再無後話。以為只是情緒來得比較遲緩，不料此後幾日，依然沒有什麼感覺，一點也不恐懼，甚至有些悠然地等待放榜，最後，命運好像要反諷什麼似的，真的考上了。

與此同時，我開始不太聽音樂了。印象中最後一次密集地聽音樂，是在剛考上不久、被派到高雄受訓的那五週，我帶了一個播放清單去，命名為「通過儀式」，其中便有 Tears in heaven 這首歌，亦有大量的陳綺貞與英國搖滾樂，聽著聽著，內在情緒一如湖水明鏡般靜止就算了，居然還開始分神想了其他的事情，到了最後兩週乾脆放棄，將課餘時間讓給網購。我感到的，不是心志變得堅強以致不再多感，而是挫敗，一種再也無法以同質心靈與之共振共感的挫敗，並非懷念那種將其他行為能力暴力排除的恐慌陌生，而是因為無法在磨練現實的營生技術過程裡，繼續著敏感心靈的維持而感到悵惘。

繞過恐懼與死亡，我選擇繼續前行，於是成為了這樣的人，庸常但足以活著，沒有更壞也沒有更好。

父親術後又做化療，菸終究沒戒掉，每日一支接著一支地抽，晚飯後必定出門在住處附近隨意閒晃，就為了抽根菸。母親則鎮日念佛，早課晚課一次不落，手持一瓶大悲咒水到處噴灑，父親偶爾看到了，便站在母親面前示意也對他灑灑，希望佛祖庇佑他身體健康、可以活久一點。工作日漸繁瑣，時常加班或至外地出差，回家時間不定，有次晚上輪值，到舊眷舍的小巷中巡視展品與裝置，巷弄無人，唯有被風吹盪的燈影在地上搖晃，我拍了照片回報，卻被主管提醒這樣太危險、以後別一個人去。我才發覺自己似乎已成了一個鈍感之人，即使淺顯的暗影與死角，也再勾不起任何對於恐懼的想像。越過了恐懼之後，生命裡等著我的，是一片乾燥又無雲的風景，不一定安全但便於忍耐。

下班時分，街道時常無人，父親站在巷口，抽著菸等我，與我一同步行回家，我們相對無語，默默走著，影子拉得老長。他不戒菸，而我不再聽 Tears in heaven，家常日子的軌道於是在我面前鋪設開來，我跳了上去，隨著日常的節奏兀自前進，無喜亦無悲，再也沒有什麼能令我哭泣。

離魂

小的時候，世界長得跟現在不一樣。

外婆舊家植有楊桃，旁有一古井，形成小巧的後院。偶有鄰家放養的雞鴨漫步至此，綠蔭靈動，很是愜意，但那不是重點。重要的是，廁所並不建構在主屋之內，因此要去廁所時，須得經過後院才能抵達，而在夢醒時分，那便成了一可怖的所在。

大人們通常對待閉鎖的孩子如我還是有耐心的，白日裡一個人不敢去廁所，撒撒嬌還是央得到人陪我去。但到了晚上，到了半夜，眾人皆睡下，一次兩次，母親還願意陪著膽小的孩子穿過古井小院去到那廁所，後來就不敵睏盹，且院子極小，只幾步路的距離，實在沒什麼可怕的，井又不會吃人，便要小孩自己去。

陽春三月，薄霧輕籠，其實是適合夜遊的醉人夜色，但我沒這個心思，只知道夜晚來了世界就不一樣了，再加上那井，世界已然面目全非。於是我只能祈求夜晚不要降臨、那口井就此消失從未存在，此種祈願只能徒然，可嘆當時的我並不知道。當開始被要求要獨立、不要事事都要人陪時，我是抗拒的，不想要學習這種性格，所以我訓練自己忍住生理需求，讓睏意全面占領，硬睡，待到白日再去廁所，策略雖不高明，但成功機率卻頗高，每每熬了過去。一晚，又至外婆家過夜，不巧那日在睡前喝了茶，咖啡因加上尿意作祟，怎麼樣也睡不著，無奈，我只好起身，獨自邁向那後院深深。

已是初夏，沒了怪霧籠罩，我壯起膽經過後院。但楊桃葉影婆娑沙沙，我仍是害怕，眼睛直盯著路面前行，不敢亂看。然後，在我步過那井、終於抵達廁所門扉之時，井中有什麼東西，「咚」地翻動了一下，就再沒有其他聲響。我聽得很清楚，那是身處潮濕之中的生物所發出的聲響，濕濕的，帶著水氣。於是我想，有東西在那裡面，不是鬼魂，而是生物，某種會動的生物。想當然耳，廁所沒上成，立刻返回屋內上床睡覺，睡不著，就這樣等待黎明，黎明好遠。

隔日，跟著母親自外婆居處返家，不過十分鐘車程的距離，到家時，卻覺得這不是家，不是回到家的感覺。我彷彿回到了別的地方，一個陌生異鄉之地，父親，爺爺奶奶都在，卻不是原本我的，我都認得，但有種異樣感，很是生分。大人說我這是受到驚嚇，魂魄有點分開了，沒有完整回來，收收驚就好。收了數次，仍不見成效，自此，在外婆家過夜後的每次返家，我都會出現這種惶恐異樣的徵狀，覺得家不是我的，我也不是家的，飄零無依，夜半夢裡便經常回到楊桃樹下，那口小院深井，那個潮濕的聲音。有一部分的靈魂，被掛在楊桃樹上了，但我拿不回來。

魂兮歸來，歸來的卻不是我的。

隨著年歲增長，靈魂逐漸被磨平鈍化，變得不再敏感，魂與魄似乎皆被完好地鎖在身體裡，離魂的驚悸經驗不再出現。我安穩地長大，進入群體生活，被賦予了秩序，教育體制使我只須專注讀書考試，自此規訓得沒有任何事物能再使我驚怕，不再害怕黑夜與無謂的騷動，安分麻木地一如沒有靈魂。只要沒有，就不怕失去。

靈魂就是我的身體，不會分開的，就算離開也會記得回來。道理那樣正確，我大概也志得意滿，以致沒有料想有天離魂之事會捲土重來。

那時我已許久未寫，想著，反正就這樣吧，寫不出來就算了，也沒什麼。日復一日晨起，戴著耳機去到未明的山路，獨自訓練步伐與呼吸，失業一年，是沒什麼好再失去的，於是以失敗者之姿重回學校讀書，母親責備，什麼都不會就只會讀書有什麼用，別妄想靠寫作過活，將來取得碩士學位後照樣得找份正當的職業，如此這般。世人輕侮書本與文字，而我也沒有好到哪裡，從未想過要捍衛他們，甚至想撇清關係，不再書寫。

魂兮歸來，該歸來的就躲不掉。

上研究所後沒多久，有日好友跟我說，她可以聽見天使說話的聲音。初初聽見不覺得什麼，繼續聽她說著幾件藉由天啟的聲音而獲得解救的案例。那臉，那嘴角起闔的角度，隨著語調情節而起落有致的手勢，都是再熟悉不過的，卻有種異感，隱隱泛出。哪裡怪怪的，突然間，我不太認得這個人是誰。為了克服這突然圍向我的陌生恐慌，我於談話間找得空隙，開始說起自己的最近與世俗煩惱。說完了，好友頓了一下，就又開始延續自己未完的天使話題，好似我剛才的話語未曾抵達她的意識領域，我這個人，並不與她存在同一個空間裡。我觸及不到她，她於我也似全然陌生，怎麼回事？

心靈如此危險，那種異域感，旋又復來。

我心不在焉地吃飯、上課，於恍惚的間隙裡睡去，未至黎明便睜開眼，在黑夜中毫無生趣地等待天亮。那朝我湧來的始終揮之不去，於白日裡明明是坐在教室上課，我卻時常錯覺自己正置身於舊時菜市場裡的廉價搖搖車，或是販賣染色小老鼠的陳舊雜貨店，各式讓我很不懷念的童年場景，一幕一幕，啟動播放的亮光，不受控制地一直牽引我過去。有次，我騎車等紅燈，有一陌生的好心人特地騎到旁邊提醒我：摩托車的後車燈壞了沒有亮，要趕快去修好，不然危險。突然，我感到此情此景異常熟悉，這個人，包括他對我說的話，之前就曾經有過，然後我又發神經地覺得：這個人住在有紅磚牆與櫻花的地方。我腦中立刻有了那牆那花的畫面與精確構圖，我看過，我站在牆外看過。這個想法，讓我騎著車開始跟蹤他，但很快地，我便掉頭了。我不想發瘋。

當晚回到家，我打開電腦，開啟了久違的書寫。我想，再不寫我真的會瘋掉，這很卑鄙，但反正日子從來就活得不夠高尚。書寫持續了一星期，每天五百字左右，這期間其實徵狀未減，反倒與世界隔離得更嚴重，整個人處於真空的狀態，現實生活裡的事件與聲音只能盪起清淺水紋，很快就恢復平靜，到達不了我。寫的時候，靈魂離開身體，去到久遠的年歲與晦暗的場景，事件的話語、聲音、氣味，通過身體未曾忘記的難平心緒，與如今書寫者的位置翕然合為一體，唯一不同的，是已不再有陌生恍然的恐慌之感。路途中，書寫如此痛苦，以致所謂正確的選擇經常充滿著誘惑，認為找到了真理，靈魂便可免去日夜求索、跋山涉水的念想之苦，從此安於答案的框架。想要停下腳步的欲望，是很可怕的，一不小心，失去執念的靈魂便可能徹底脫離了自我，成為唯一且權威的存在，幻化成那個來自真神的天啟之音。心靈如此危險，我只能寫。

風不停，心未靜，靈魂依舊不斷離開，獨自前往執念所拘之處，想去確認那潮濕的聲響究竟是什麼，試了又試，不住地靠近，千次萬次去到楊桃樹下，但不怕了，文字領著她試圖接近那個生物，給出可能的選項，再根據文字構築疑問，翻看虛與實的解答。念念不忘，必有回響。於是書寫的召喚，使渺渺離魂記得回返，駐於文字之間，不致決然捨棄了現世，終至有所留戀，而生出此間無盡的困惑與探問。

離開你是因為我愛你

關於 Admiral Radley 的 I Left U Cuz I Luft U 這首歌，是一團身體結構天生自然就是沒有線頭的毛線球。

對於環繞著它的幾件事，始終想給個說法，不論是點線面還是長寬高，甚至是三位一體，一定要給個說法才行。我一直這麼想。給個說法，才能開始，而非結論，這是角度問題。

開頭總是很難，從相遇的時間點切入，或許是條好路徑。日本三一一大地震的那天早上，我應該還是在磨著用手搖磨豆機磨那百年不變地難磨的惠蓀咖啡豆，不過，也有可能是便宜的曼特寧？不重要。總之，手會痠，需要停下來，打開電腦，讓訊息流入腦子可緩解手痠症狀，與此同時，讀樂評，在早上讀樂評可使難磨的咖啡豆泡出來的咖啡加倍好喝，這是祕訣。反正，就在咖啡豆還沒磨完還沒有喝到咖啡時，我聽到了 I Left U Cuz I Luft U。

I Left U Cuz I Luft U。我看到的版本是，這首歌配上《野獸冒險樂園》的電影片段，我喜歡這部電影，也喜歡原著《野獸國》，不意外地我也喜歡這首歌，當時不覺得有什麼，就是那樣，自以為寧靜又文青的重複且日常的每個早上。不厭倦，但也不可能深刻。早上過去，中午吃飽，我又打開電腦，邊聽 I Left U Cuz I Luft U，一邊看書，偶爾抬起頭看螢幕時，總看到主角小 Max 乘著船正要離開野獸國，Max 朝天吠了幾聲，既是呼喚他的野獸同伴，也是道別的姿態。要離開了，歌曲重播一次，小 Max 就又得離開一次，那天下午，在我的電腦螢幕裡他不斷地乘船離開、不斷地最後嗷叫，而我一次也沒有感到悲傷。沒多久，網路與電視新聞就開始插播，日本在下午兩點多發生嚴重的大地震，至於幾級還不知道，也還沒有畫面，可是據說災情非常慘重，據說。

當新聞台開始二十四小時強力播映日本的震災畫面時，我們家已經把草除好、紅色春聯撕掉，搭起藍色塑膠棚，奶奶在日本大地震的隔兩天，清晨時，過世了。我記得那天早上的陽光其實很好。

所以，奶奶離開的這件事實，我有點沒有辦法意識。記憶曝光了，看不清楚。只記得電視畫面的末日災情，拉遠一點，二叔二嬸、姑姑姑丈全都圍著電視，吃著老爸做的素炒麵與蘿蔔糕，一起在看新聞裡的末日景象。我們守著死亡，觀看末日。再拉遠一點，時間是晚上，老爸拿著電蚊拍在靈堂裡打蚊子，接著小叔叔又來了，說是今天晚上他顧，他這樣說，即使昨晚前晚或是大前晚也都是他，小叔叔依然這樣說。

從 I Left U Cuz I Luft U 勉強抽出「野獸國」這個線頭之後，隨之而來的毛線球體構成物是大地震、喪禮，跟小叔叔。此三者，也可代換或等同於末日、死亡，與菜園國。這是屬於毛線球式的神聖三位一體。

奶奶出殯後的日子過得特別日常。很固定，早上七點多，小叔叔拿菜來。如果季節對了，除了一袋菜，還會有兩株野薑花，給老媽供佛用的。

小叔叔話實在不多，每次送菜來，偶爾會簡介這袋裡頭有些什麼什麼菜，但大部分時候都只是將袋子交給我，不多說一句，如果有附贈野薑花，也只是說：「還有這個」這樣而已，就走了。然後明天再重複一樣的行程，菜色也許稍有變化，話是絕對不會多的，有時我沒聽到他的摩托車聲，不知道他來了，他就會站在門口叫我的名字。叫名字，這對小叔叔來說，已經很不得了了。

奶奶對年那天，紅色的春聯重新貼上，要喜氣，要恢復一切的家常，一桌子的菜，很多都是小叔叔親手種的。年輕的人應該要像一隻青春鳥，自由自在地飛翔在外面的天空，可是我的胃卻被綁住了，被小叔叔種的菜綁住，不吃他的菜胃就不舒服，吃外頭買的食物就胃痛，青春鳥兒又能如何，在這種化學加工食品當道的世界，鳥胃如我，當然要擇良食而棲。小叔叔與世隔絕，不喜歡跟人接觸，連跟家裡人都不願說話，奶奶生前非常擔心，害怕自己死後小叔叔沒人照顧，情況會變得更加封閉。結果出乎意料，完全相反，小叔叔不再關在家裡，現在每天都到菜園裡種菜，看到人也會叫名字，問他問題、問他爺爺的身體狀況，也能夠好好地對答，即使字句仍然不多，但如果奶奶還在，一定又會從藤椅上起身、在神明佛祖前邊感謝邊流下欣慰的眼淚的吧。

這是 I Left U Cuz I Luft U？

奶奶是無緣見到此景了，若不是奶奶懷抱著愛的離世，小叔叔大概也不會有今日的景況。愛的力量好像在以離開的形式，生發在小叔叔身上，既是末日，也是重生。

小叔叔年輕時曾經出社會工作過，也不知道什麼原因，後來便不願再出去，每天待在家裡，不跟任何人說話。他的房間總是布滿了拆解過的電器產品，他拆解，又重新組裝，沒有人知道他在想什麼，大家都說他自閉。小的時候，小叔叔對我們很好，會跟我們玩、買東西給我們吃，彼此之間沒有隔閡，長大以後，不知不覺就疏遠了，有一個東西阻隔了我們和小叔叔，我不明白那是什麼。不想明白。直到姑姑的女兒出生，小叔叔才又開朗起來，跟小表妹有說有笑，感情很好。我才發覺，那個阻隔我們和小叔叔、甚至隔開小叔叔和現實社會之間的東西，叫做「長大」。

怎麼辦。因為一直被我重複播放的那個小小Max，最後還是乘船離開了野獸國。一定要離開。我們必須拋開原始的野獸，才能進入人類世界，或說秩序社會。

小叔叔試過了，試過乘船離開，但是他最後卻是又從現實社會搭船返回，只是返回的不是野獸國，而是菜園國，在末日之後露出海平面的菜園國。奶奶離世後，他努力經營這個國度，用心澆灌餵養蔬菜，然後再以這些蔬菜餵養家人如我，每天每天，蔬菜長大，我也長大了。小叔叔離開社會、拒絕長大，可是菜園國裡的菜卻無毒且豐盛，成長灌進了蔬菜裡，餵養著活在無以回返的成人世界的我們。每天每天，末日延續，菜園收割。我心中已經離開野獸國很久的小 Max，在成長而逐漸社會化的同時，因為末日菜園國，在小小角落裡想固執地保護好原始而純粹的野獸樂園。如果奶奶的離開是因為愛，小叔叔的離世種菜也是，因為愛而餵養我們的純真。

I Left U Cuz I Luft U。

離開你是因為我愛你。奶奶，妳是不是想這樣對小叔叔說。有沒有一直。

不散

傍晚，霧裡含潮，街燈沒有亮起，我覺得很怪。

經過擁有便利商店的十字路口後，一路彎進巷子，空屋旁的那盞，依然沒亮。更怪的是，空屋的門開了，卻內裡無人，一片烏暗。晚風雖然輕吹，但霧散不開，月光又不明，只有流浪貓花花獨坐於屋前，看著我，可我不看牠，注視著敞開的屋內。沒有一點人的氣息。

才突然發現，屋前的那片鐵皮被拆掉了，流氓生前騎的摩托車也被牽至遠處，許是宗廟後花園最近整頓時，順手將其除去，以便工程進行。大概是這樣，也就不知怎麼，鄰里或工人進去過又出來，門卻忘記用鐵絲繫上，於是早已壞朽的門不管一室黝暗，兀自開啟，黑洞般，邊界以內結實地坍陷下去，什麼都無法得知。

包括流氓到底是怎麼死的。

其實是擁有隔間、生活機能完好的一間老舊平房，但是死的時候，屋內家具已寥落無幾，僅剩一張雙人大床，占據了客廳的正中央。地板堆滿酒瓶，帶著開過兩次刀的空胃，就那樣在床上躺了快三天才被人發現，原來已經死了。救護車來時，還以為只是像之前那樣，跑到馬路上齜牙咧嘴指著人車亂罵，因為妨礙交通而又被送進醫院，發生過不少次，於是大家不很在意。結果真的死了。

送到公立火葬場，匆匆做了幾天法事後，便火化了，屋子就此空了下來，無人看管，又經過兩次颱風，簷前鐵皮已然鏽蝕脫落，炎天無有蔭涼，雨日又不能擋雨，一直擺著也只是徒增危險，於世無益，拆了也好。無用的房子，門也索性不關了，開開的，一股濕潮味隱約散出，野貓並不進去，沿著空屋牆壁一路走向燈火人家處。內裡氣氛既不恐怖也無陰森，只是一直無聊乏味地暗著。

我沒有自己的房間，與母親、姊姊同睡一房，房裡窗戶正對著流氓住的地方，所以，應該知道才對。

偏鄉地區，整條路上住的仍多是同宗的遠房親戚，流氓即是其一，十幾年前將老婆小孩打跑後，便圈養了幾隻狗，閒來無事，罵狗打狗。以前尚有幾個友人、女人會來找他，可自從流氓開始自言自語後，也就漸漸絕跡。得了癌，開過刀，偶爾發瘋，工作是再也不能做了，有時來跟父親借錢，買了菸，兩人一左一右坐於廟前板凳上抽菸，母親說難看，深怕別人不知他們遊手好閒似的。

最後的那些時日，總數天不見流氓，房間窗外也甚少傳來罵狗的聲音，才從父親口中得知原來流氓常將錢全數拿去買酒，在家裡喝上好幾日。再出現時，人總見瘦，如此循環，喝著喝著，瘦著瘦著，就沒了。「他是鐵了心要喝到死的」母親說，酒沒有人是這樣喝法，尤其是一個久病的人。

其實沒有人希望自己活著。他知道嗎？還是因為早就知道，所以才一心求死。反正是沒人在意了，這輩子造的孽也夠多了，死吧。

死吧，於是他便死在兀自佇立的大床，孤獨的島嶼。

迎面颳來一陣風，竟含帶微雨，路燈此時卻亮了，就著光，我直直朝一屋暗室看去，躺過死屍的床自是不在了，狗早被愛心人士牽養至他處，但這鬼地方，也沒有半點陰魂。

母親是相信有的，她認為我們這裡風水不好，祖上未積德，才會瘋的瘋、死的死，於是鎮日念佛，只盼早登極樂世界。早課晚課一次不落，重要節日還得去朝山，跟母親去過幾次，山上多霧，隨著朝拜隊伍三步一跪拜，心中雜然，只覺像是排隊緩步要去送死，便不想再去。

「你們都不去沒關係，反正以後我自己一個人去西方極樂世界就好。」母親生氣了，因為我們都不嚮往極樂，她很失望。也恐懼，平時若不懂念佛積德，我們遲早會跟這條巷子的其他人家一樣落魄離散，所以她長年茹素、勤於佛法，家裡的功德善田全是她一個人種下的，偶爾，她會因為責任太重、壓力過大而爆發開來：「你們都一樣，功德只有我一個人做行嗎？根本不夠，很快就會被你們耗盡了，再不懂得積德，惡報很快就會來了！」

始終都不太理解母親為何對極樂世界如此執著，也不懂我們家到底做過什麼傷天害理之事因而須受惡報，只知母親一生恐懼，唯恐我們家被沾染上詛咒。

陰魂總是不散。雖然我不太清楚所謂陰魂到底在哪裡。

為了減輕母親對極樂的重度嚮往，我盡量滿足她於俗世紅塵的願望。前三名的學業成績、研究所的學歷，考上高考領穩定的公家薪水，毫無掙扎地一頭游進辦公室文化與官僚體系裡，也不談戀愛，因為母親認為愛情都是孽緣牽引而來，到頭皆為一場空，於是我的周圍全是女性朋友，安全一如籠中之鳥。

但是母親依舊不快樂。

父親罹癌，兄姊工作尚不穩定也皆未嫁娶，或許，詛咒仍在，陰魂未散。母親一刻也不得放鬆安心，一下子擔心家人身體，一下子擔心家人工作前途、情場坎坷，但這些家人都不包括我在內。我是無須擔心與在意的，反正自小就是一路平穩乖順的小女兒，不用管，自己就會活得很好。

青春叛逆是何滋味，我不知道。只知庸碌地努力達成母親的每個所願，希望母親於現世裡能感到一點榮耀及眷戀，不要拋下我們，自己一個人去極樂世界。戰戰兢兢，專注於順從之道，不去管錯過多少美麗風景，將自己包起來藏起來，話越說越少，往裡、再往裡地將自我塞緊醃漬起來，數十年如一日，就這樣一路來到三十歲，這種既不青春、想老去又會被嫌稚嫩的年歲。站在這個節點，我卻突然不知道自己到底想要什麼，又正在往哪裡去，只覺得疲倦。

「我都不知道妳在想什麼」母親說，不只一次如此抱怨。

都是自己選的，這種不愛自己，也不會有人來愛的生存模式。奶奶在過世前的祝福之語不就早早預言：姊姊是「嫁好尪」，而我是「找到好頭路」、「孝順父母」。未來人生的養分裡是不需要愛的，只要會賺錢、懂得照顧父母即可，就算是沒出息的父親、一心只求極樂世界的母親，也是要孝順他們。奶奶是這麼認為的吧，所以才把我當成工具一般祝福著。

因為不受寵愛的緣故，乖孩子是不會平白無故就有糖可吃的，必須努力取得成績來討人歡心才行。但那麼世故，真令人厭煩。

曾經想模仿姊姊那樣，無論大小事都鉅細靡遺地跟母親一一細說。可當我試著訴說時，母親卻心不在焉，最後總是打斷我的話語、自顧自地說起與我無關的事來，幾次之後，便不再說了。我想我的話一定很無聊，或是內容太平板引不起別人的關注，或者根本，母親對我的事我心所想，本就一點興趣也沒有。總是這樣，既不贊同我也不反駁我，而是突然說起別的什麼來，偶爾想表達心緒低落，也總被母親以正面思考的話語打住，示意不用再往下說。於是我知道，她其實並不想聽我說話。

她其實也有點恨吧，為何運氣總只降臨在我身上，而不分些給其他兩個孩子？或是父親？

自從奶奶罹癌過世後，流氓也因癌而死，巷口的婆婆中風又患上失智症，最末戶的人家則是害怕這裡治安不好，早早搬離此處，整條巷子在幾年間快速凋零，無人之地荒煙蔓草，只剩下我們與流浪貓仍在據守。到最後，就連父親也得了癌症。

大概是覺得終究敵不過詛咒，母親也懨懶了，不再像以前那樣勤於法會與朝山，也甚少轉到佛教台聽講佛法，反倒開始追著電視古裝劇看，只要閒空，一齣又一齣地點選播放，眼睛、靈魂都隨著劇情的起伏而專注沉溺，就那樣看著，整副身心彷彿能從現世裡脫離出來，什麼報應病痛的，都可以不用再管。但也只是暫時的，電視關了，一下戲，憂煩復來，母親的愁容未減，又更添幾分厭世情懷，人遂顯老了，不散的魂魄與因果輪迴在母親日漸衰頹的眼睛裡也不得不淡薄起來。雖是那樣全心投入劇情，但往往看過即忘，俊男美女哪個是哪個，不太記得，只說那樣的痴情歡愛只會在戲中出現，都是假的，然後又繼續不斷地一齣看過一齣，日日夜夜，什麼都是假的。

極樂世界的事情也很少再提，遠方沒有了想去的路，母親的心思頓失所依，只能依附在虛構世界裡的悲歡離合，那裡淒美燦然，不似現實裡的人生，縱是演盡離合情節，卻無味得很，徒留煩悶憂傷，沒有一絲轉圜。路那麼黯淡，燈又不亮，母親即使念再多佛，凝滯之霧依然散不去。

經濟重擔的位置易主，母親鬆懈下來，很多事情變得拿不定主意，就連買日常用品的牌子也要一一問過，這個家，不知何時，變成我說了算。母親漸漸老得像一個小孩，我也理所當然成為了她人生的依靠，這個不是最疼、但終究最靠得住的孩子。我開始喜歡裝扮自己，包包衣服鞋子，總不滿足地買了再買，買了又買，穿在身上亮麗好看，覺得開心，但很快地，又不開心了，就再買，再開心，一直循環，無止無盡。其實是因為，不管穿什麼，都很難看。

我長得不是我想要的那個樣子。可是人生至此，已沒有回頭路可走了。

大學時，有次好友談到，她的母親並不希望我們時常膩在一起，因為覺得我的個性陰鬱、又嗜讀思想黑暗的書，怕她也會被我影響，沾染上憂鬱的習慣。當時不覺怎樣，我們繼續是好朋友，她的母親也一直待我極好，我卻神經質地始終記得這件事：她的母親不喜歡我。不明朗的性格，以致時常拘泥於一些無關緊要的小事，事情只允許在自己心裡暗想，並不說出來，不喜歡讓別人知道，因為害怕別人知道後會更不喜歡我。人生之路堪稱順遂，卻不去看明媚的風景，只喜歡躲在滿室亡靈的空屋，將門閂緊，密不透風，全身如怨婦般長出無謂無知的針刺，把全世界的陽光燦爛都刺走，如此安全，簡直萬無一失。

濃霧未散，火燒山的季節來臨，整個視線也只能往更模糊的邊界偏移。騎車沿著墳山，警察拿著指揮棒指揮交通，要我們依循指示繞道而行，山頭右半部已然焦黑，稜線之際尚有餘火，點點灰燼只能迎面而來。祖墳所在的這頭卻是安然無事，墳山入口處的有應公廟，屋簷上竟還裝飾著五彩燈泡，於闇夜裡一明一滅，散發出人工的彩光。奶奶生前最寵父親，連清明掃墓這種事都不讓他去，說是命格嬌貴，沖撞不得，所以都是最孝順的二叔同其他堂兄弟一起去。

印象中，這個祖墳父親只去過一次，還是在奶奶死後才去的，後來因為生病，就更不可能去了，祭祖的義務，自然落到哥哥身上。父親已然從一家之主的位子偏離淡出，真的如奶奶所願，一輩子都是閒人，富貴得很。總會有的，只要有那些拒斥世界、甘於牢籠的乖孩子們在，歲月就會靜好如初，安穩自在，歲歲年年。

風漸停，祖墳依舊穩穩地高踞山頭，可見福澤深厚，母親顯然是多慮了，有乖孩子在，火勢想必很快就會止住。

本文獲第十三屆林榮三文學獎散文獎首獎

松子

週六輪值上班時，沖杯掛耳包，就開始待在辦公室裡翻資料、寫計畫，這是日常的週末上班風景。週末班是三組輪值，所以通常只會有兩、三個人來上班，再加上有活動的跑活動，沒事做的去閒晃，辦公室便時常處於無人的狀態。

許是年初，大家業務處於較不繁忙的階段，人們進進出出，有段時間，辦公室只剩下我和機電組的大哥在。初春日暖，令人心情愉悅，於是從機電大哥的座位處悠悠傳來其輕聲哼歌的聲音，也沒什麼奇怪的，但我卻嚇了一跳。覺得心驚，我有多久沒這樣哼過歌了？都快忘記人類有這樣的一種情緒與行徑，想不太起來是什麼樣的情感經驗才會產出想要哼歌的欲望？

印象中，在待業的日子裡，我尚有哼歌的經驗，彼時因無業賦閒在家，心情自然不會好到哪兒去，但我卻偶爾哼歌，藉以度過焦躁難耐的日常瑣碎。或許亦有心情好又暖而哼唱起歌的時刻，但甚少，多半是處於憂思煩悶的狀態下，點開電腦的音樂匣，隨著音樂短短哼個幾句，待心緒舒緩，便做停止。仔細想想，人生當中並沒有因為愉悅歡快到忍不住哼唱起歌的時候，像松子那樣在玉川上水自殺不成、被理髮男拾起後，因為疑似找到人生靠岸的安穩港灣而幸福地哼起歌來的時刻，我一次也沒有，以後會有的機率也顯然渺茫。

憑什麼松子可以幸福地哼歌呢？我覺得很煩。

我一向不喜歡歌舞片，但《令人討厭的松子的一生》是例外。對於電影喜好，我有自己的品味堅持，不愛台詞與配樂過多，偏好大段大段的無語空白、長鏡頭，總覺得在那樣的極簡風景裡，含納許多真意或自由，可以把自己完全投射在裡頭。所以那種動不動就唱歌跳舞的迪士尼動畫、好萊塢歌舞片，我一直相當不耐，看那些愉快的歌舞在眼前不斷搬演感覺就是被敷衍了，什麼都得不到，無法享受其中。

中島哲也的作品我先看的是《告白》，是我喜歡的懸疑驚悚類型電影，但配樂太干擾，太強的音樂性彷彿是主導，反覆告訴我這顆鏡頭的情緒應是這般又那般，既煩且膩，可能因為當時正在著手寫論文，心態敏感，連看個電影都會產生配樂在強勢指導的被壓迫心態，本能就反抗，後來沒能看完，就換部片子，同個導演的作品。電影一開場也是很吵，節奏明快，但旋即劇情拉到一宗殺人命案，敘述者未曾蒙面的姑姑不知被何人所殺，故事的主線便開始呈現這位逝者的一生，用唱的。松子的一生如此無用又卑屈，荒誕的喜劇敘事效果、演員誇張的表演風格，再加上動不動就唱歌，沒完沒了，啊，真是令人討厭。

照理，固執如我，是不會被說服的。可是當鏡頭上出現那個鬼臉之後，本欲離席的我卻被觸動了，留了下來，繼續觀看愛唱歌的松子如何成為被人厭棄的松子。

一開始的松子很平凡，直到那個鬼臉出現，因為不被愛，因為想討父親的歡心，寧願當個詼諧的丑角做鬼臉，就為了希望父親那張愁容能笑一下、能多看自己一眼，為什麼要如此卑微呢？真讓人看不起，終究是等不到命運的垂憐的。為了不向命運低頭，松子決然離家出走，到外面的世界去尋找愛，但這種女性出走的主題，在文學或電影裡通常沒有什麼好下場，「我的白馬王子，到底在哪裡？」電影DVD的封面副標，似乎預告了童話故事就是要拿來打破或幻滅的，世界是殘酷的，無知少女只能被捲進宿命的齒輪，不斷地被輾壓過去，直到擺脫生命的那一刻為止。

這設定有點機械，我不喜歡，但那不被愛的怨懟又那麼熟悉，再加上家庭的組成元素似曾相識，很難不被吸引。松子身為長女，嫉妒父親對病弱么妹的憐愛，卻對姊妹之間的情誼視而不見，終年纏綿病榻的妹妹對松子如此依賴，對於她的離家傷心不已，難道於松子而言姊妹之情不是一種愛嗎？

尚在準備考試的日子，有段時間兼差在大學進修部教國文，是那種基本上付學費就可以拿到學位的鬆散教育體制，因此上課也無人在聽，學生們自顧自在講台下聊天、滑手機，簡報檔輪播著台灣現代文學史，大概沒有聽進去半個字，通常課程的最後一小時會放電影給學生看，也唯有在看電影時他們才會安靜片刻。印象中，我也有放過松子這部片，但一如以往，學生給我的反饋就是沒有反應，看不懂，經過幾次調整，才發現學生最有共鳴的是像《失戀33天》這種愛情喜劇小品。大概是關在象牙塔太久，以致認為松子是普世的，每個人都會受到她精神上的感召，只要聽她唱歌毋須太久，即能產生與之同聲共感的情緒。結果沒有。

老姊也沒有，這個我認為最像松子的人，不感到怎樣，她只覺得這個女主角既蠢又無用，讓人看不起。怎麼回事，這種一心一意只追求愛情、對於人生中其他風景都不屑一顧的人格設定，老姊不覺得跟她自己很像嗎？

我經常覺得父親誰也不愛。在童年的記憶裡，父親常不在家，不是去工作就是去求明牌，家庭觀念薄弱，沉迷在外頭的花花世界，也因此，父母總是為錢爭吵，家庭氣氛通常動盪而充滿了不安全感。其實我從未問過老姊，是否感到在這個家是不被愛、不被接納的，才會一直想要追求虛幻的愛情呢？

在家中我的角色設定比較接近那位病氣強盛的老么，敏感內向，不喜歡離開家，但並沒有得到父親的垂憐，無論父親或母親，我似乎從未得到過任何一方的偏愛。我與老哥有種默契，認為家中長輩都比較疼個性幼稚又很會闖禍的老姊，因為乖小孩不用操心，但無用的孩子則需要更多的關注才能讓她有所成長、走上人生的坦途。在我的認知裡，老姊獲得過很多人的愛，但很奇怪，她總要出去，去求索一些沒必要的感情連結。

一方面像一方面卻又不像，松子讓我很困惑，總覺得她跟我很接近，又離我很遙遠，但她蹲得那麼低，那種姿態，驕傲如我，是無論如何都做不到的。

生而為人，我很抱歉。松子的歷任男友中，有一位是作家並且自認為是太宰治轉世，留下這句話後就跑去自殺了，這句話大概是個詛咒，活在松子的血液裡，用下半生演繹了這句話，無用的、令人厭棄的人生，沒有資格為人。我有陣子覺得其實松子才是太宰治轉世，比她的那位作家男友更像，她放棄自我放棄得好徹底，簡直不把自己當人般地活著，所有的針刺都是向著自己，將主控權拋出，完全任其沉浮於命運之海中。生無可戀，唯有向下沉淪而已。

那麼厭世，我又覺得哪裡怪怪的。松子與我的鍵結，難道是透過厭世才組成的？

老姊後來結婚生子，人生自此走向了一個穩妥的位置，距離松子可說是越來越遠，她從來沒有認同過松子，如今分道揚鑣也是很自然的事。而我，考上鐵飯碗，進入到國家體制之內，再怎麼看都不是一個邊緣的社會資本位置，自是離得更為遙遠，但那所有朝向內裡針刺般的厭世，依然穩固，使我沒有辦法忘記松子。

進入職場的第一年，父親罹癌，住院開刀時，我沒去，因為要上班，但菜鳥其實業務不忙，我還是沒去，開完刀後續的放射治療，仍舊一次也沒陪過。偶爾晨起經過父親房間，燈亮著，裡頭傳來咳嗽或嘆氣聲，我也只是經過，從未探問半聲。這時，我總感到父親的背影彷彿就在眼前，漸次變得透明，我走近父親，歙然合為一體，然後繼續以父親的姿態過日子：不愛任何人。我曾經以為我在恨，然而工作與世情的細瑣炎涼，兀自淡薄掉這種錯覺，時序一直往前，才終於明白恨也是需要力氣的，那是多麼奢侈的一件事。

在松子出走的故事情節中，龍洋一這個角色總是起著關鍵作用，讓劇情急轉直下，然後再更下一層，看能不能直通地獄。身為松子學生的龍洋一將偷錢之事誣賴給松子，導致松子被學校開除教職，也自此離家出走，邁向墮落之路，然而這還不夠，當松子因殺人入獄又出獄，於美容院工作暫且將日子安定下來之際，龍洋一又出現了，並且與松子墜入愛河，將其往地獄之處推得更近。

這樣的龍洋一，應該有資格成為不可寬恕之人了，然而松子不恨，她寬恕不可寬恕之人，滿懷愛意等待著他出獄。這樣的松子，接近上帝，龍洋一卻逃開，無法承受這種聖靈充滿的上帝之愛，松子因此超出凡人的範疇，進入到超凡入聖的狀態，這又使得她距離厭世非常遙遠。能給出寬恕之愛的人，接近死亡，但在死亡面前緊要關頭之時又總能轉身，堅韌地再活下去，然而松子還是死了，就在她還想繼續活著的時刻死去，潦草地結束一生。命運很殘忍，狠狠打了奇蹟一巴掌，我有些意興闌珊，救贖果真是不可奢望的，於是躲進生活與工作的隙縫裡，將鈍感當成安穩，用一種平穩而曠日廢時的方式逐漸邁向死亡。

說到底，終究只是個平凡人而已，像松子那樣不被馴化、流浪於體制之外是不可能的。生活依著常軌前行，當我回過神時，發現自己已不閱讀不聽音樂不看電影多時，曾經拯救性命、信誓旦旦矢志追隨的這些事物，被我拋棄在後頭，生活的疲累主宰著一切，日子沒有慰藉與喘息，我這樣活著，距離松子越來越遠，沒有更壞也沒有更好，只是活著，繼續過著這種哼不了歌的生活。倦怠具有空間性，當它長得越大，關聯於人世的其他情感就逐漸萎縮，我的內裡被掏空，一無所有，只是個裝滿疲憊而匱乏的人。

這是我選擇的，從未感到幸福，但也未曾後悔，我有了一個世俗認定的位置與存活方式，縱然厭煩，也只能將錯就錯，順著世間框架活出一個眾人的輪廓，藉此殘喘度日。然後終致有一天，我會看著那些逸出常軌與體制之外的松子們，擺出倚老賣老的姿態說著：這個世界是很殘酷的，你這樣不行，長大一點吧！這就是大人，我的樣貌。但我是那麼安全，於世於情，安全到可以說出這樣的話而沒有一點痛感。站在一個安全的位置說著安全的話做著安全的事，這就是長大。

沒有什麼的，只是用靈魂和歲月交易成長，不難，除了有些驚悚，因為你再也不是自己，只是一襲人裝，用疲憊和虛偽持續不斷充氣的一個人樣。

於是日日晨起，攬鏡妝扮，春暖，門庭白花遂兀自遍開。逢此光景，依舊不想哼歌，然而我吃飯穿衣，處理瑣碎日常，一刻也不怠慢，即使面朝大海，雨天炎天，我也越來越會活著，將松子與厭世壓得乾扁，變成一種平面的裝飾，我戴著它，偶爾將之炫耀於世，假裝我還擁有這些。我不世俗，世俗的是這個世界。然後心安理得，不看任何人，繼續往前，老成一個人的模樣。

哥斯大黎加準備關閉所有動物園

烏龜來過家門口幾次。

有日，颱風過後之清早，父親推開積滿落葉的大門，落葉堆中，有一龜殼隱現，殼面已乾枯無濕痕，但不見其頭腳，許是從後花園的池子爬行至此。後花園距家只有幾步之遠，屬於廟後方的小花圃，置有一水池，父親將龜殼拎起，確認其裡頭尚有活體後，便放回池子裡，一觸水，頭與腳隨即伸展開來，沒入水底，不久水面復歸無紋，不見蹤跡。再另一次，大雨過後，母親前去清理水溝，溝水極淺，於是在水溝裡又發現了烏龜，同樣縮起頭腳，被溝旁生長的雜草遮蔽，大有了無生趣樣。母親只好又將牠放回池子裡，不免滿心困惑，烏龜為何屢次在深夜從池子裡爬出、然後大費周章地穿越花園的鐵門與鄰旁的空屋，來到我們家？

牠到底要往哪裡去？我總覺得，這裡不是烏龜的終點。

此巷原本住著四戶人家，後來一戶搬走、二戶人口凋敝，最終，也僅剩我們一戶住家。空屋傾頹，空地亦無人打理，於是雜草蕪蔓，長至與人等身而掩去了原先通往最末住處的小徑，綠意盎然，無人地帶，一些生物遂來此處落腳定居，母親因為信佛不忍殺生，堅持不噴藥，自己手持鐮刀將草大致除去，但沒多久便隨即長回茂盛的叢林狀態，因此松鼠、貓頭鷹、夜鷺、夜鷹等都常在附近出沒，當人去樓空後，空間就會長回自然的狀態，擁有屬於這個空間地理的物種。但盆景植物是例外，買過幾盆桂花、金桔、繡球種植，皆死絕，僅餘別人分送的蘆薈茁壯常綠，凡試圖圈養的皆不長久，唯有自來的生命才能在此長存下去。

水池的烏龜，不太可能自行遷徙至此，多半是被人棄養，看到有水的地方，就丟著，任其生滅，再無關己身。

許多公共場所禁止動物進入，即使是占地廣大的戶外園區亦是，有些放寬條件，須將寵物用外出籠裝著、承諾其不落地後即可進入，若是流浪犬貓跑了進去，為怕被投訴，下場不是被驅趕就是被誘捕抓走，帶到某處丟棄，從此再不必聞問。與此同時，館舍設施與活動開始朝向為親子服務或設計，公共政策必須以服務人類為最高指導原則，而人類的後代，永遠是最高級的物種，進入公部門後，始知人類如此重要，那地位是不可質疑與挑戰的。所經之處，必須潔淨，將不利不潔己身之物歸納為異類，便可俐落地一刀斬下，悉數除盡，人類極其主觀乃至妄想的這套分類歸納法，作為一種實踐與適應手段，使其確保具有優勢地位。

身為優勢種的一分子，我持續思考著烏龜的遷移行為與路徑，然後逐漸認為，牠應該是想要得到自由，屬於龜類定義的自由。

水池長期疏於照護，色澤偏向苔綠，一眼望去，實在看不出裡頭住著哪些生物，偶爾臨池凝視，總想那烏龜應該活不下去了吧，但雨後的日子，水池滿溢時，總會浮現烏龜的蹤跡，不是游到水面處將頭伸出做呼吸貌，便是爬到石頭上沐著陽光曝曬一整身的潮濕，無論如何，似乎總有牠自己活下去的方式。在那小小的人造生態系，總會自我安慰，烏龜應已適應這方人造水池，終結牠那漂泊的心理、將此處當作落腳的定居之地了吧。

有則舊聞，大意是，哥斯大黎加將關閉其境內所有動物園，他們認為，除非出於急難救助等特殊情況，否則不該以圈養方式來對待動物，也就是說，在不久的未來，哥斯大黎加將成為沒有動物園的國家。我感到有些不可思議，竟然有人類所組成的政治實體在慎重其事地宣布這件事，畢竟我所居處的這片土地，不久前才宣告台灣雲豹已滅絕，並且有人說，雲豹其實沒有存在過，一切都是我們自己的幻想，物種的消逝，像是神話裡的異獸終被證實僅為傳說，無關痛癢，牠並不與我們活在同一個世界。世界是人類的。

我們真的好大。巨大的身影遮蔽了陽光，底下的矮灌木無法進行光合作用，遂逐漸枯萎、死去，一株，兩株，然後死絕一片。我們活得那麼好，陽光空氣水，無一不足，然而人類仍習於向外宣稱我們被侵犯與限縮了，只好不斷向外擴張，否則活不下去。拿著麥克風，取得良好的發言位置並且占盡一切天時地利，然後說，我們快活不下去了。

那些死絕的，並不知道自己已經死絕。往往是這樣，來不及發出一點聲響，懼於現身，躲在條件極差的暗角裡試圖不被發現與傷害，等到真正死亡，亦悄然無聲，最後連存在過的痕跡都引人置疑。真抱歉，是這樣的，這才是所謂的「活不下去」。

有次因工作與某位藝術家談話。在高論完藝術至上的學理與創作理念後，藝術家開始跟我抱怨起工作室的陽台有鴿子築巢一事，令他非常困擾，簡直快神經衰弱，他甚至曾拿起掃把將鴿巢掃落，但不久鴿子便又故態復萌，占據他的陽台，這不衛生的環境令他快受不了。我能理解，畢竟人類所到之處都必須是潔淨無菌的，無法忍受任何的骯髒，並且視所有的不潔為異物，無奈只能手起刀落，將其除去，否則世界就會毀滅。這是多麼便利的思考迴路，一用百年千年，萬世千秋，屹立不搖，至今仍沾沾自喜不忍去。

我不免偶爾灰心，感到自己是拒斥了許多物種的存在而一路這樣活過來的，我們總是用排除法在活著，並認為這是合理且唯一的環境適應手段，以此確保人類後代的繁衍與我族的延續性。又為了生產性能或學理及娛樂上的生物多樣性，我們使用馴化和圈養的方式拔除其他物種的不潔野性，藉由控制動物的行為獲取經濟效果，或是製造出擬自然生態的動物園，使其符合人類想像中該有的模樣，提供賞玩與教育，一旦不符人類的需求，只需除去即可。我們活著，持續排除與我們共存的其他物種，然後將這種看不見的斬殺與啃噬，稱之為文明。

在哥斯大黎加那則新聞之後的時日，烏龜再也沒有來過我家。但父親說，偶爾會看到牠浮出水面、好像在尋找吃的，但無論如何，牠似乎決心不再遷徙，要在這髒髒的水池裡居住下來。我無法揣測烏龜是經過怎樣的心理轉折而讓牠終致不再跋山涉水、放棄朝牠預擬的路徑前進，現在牠只是靜靜的，優游在那方深綠的人造小池裡，脫離了被圈養與遺棄的命運，存活了下來。

傍晚，下班途經此處，光線昏暗，花園裡亦無照明，黝黑的一方空間如此靜謐，彷若再無生命存續於此。然而，一陣風起，潮濕的氣味迎面襲來，我於是知道，那裡尚有許多生命，逸出我的視野與想像之外，縱然孤獨，仍絕然以牠們各自的本來面貌，繞開了人類的路徑，繼續存活於世。

壞日子·好日子

自胖胖去後，日子忙碌起來，又開始變得少夢。少夢，多慮。嗜睡。每晚未到九點，便已呵欠連連，頭眼昏鈍，一睡下便是八、九個小時過去，期間未曾起身轉醒，直至天明，才被鬧鐘驚醒，起床，梳洗上班，然後不記得有夢。

老哥通常晚我十分鐘起來，先整理家中的垃圾後，到外面收進兩個盤子，盛裝飼料，然後再拿到外頭的地上，給固定會來討食的流浪貓吃。接著打掃曬衣，熱鍋煎蛋，等我吃完早餐準備出門時，他也差不多忙完回房間開始讀書。上班去後，家中想必靜若無人，門口西洋梅與蝶豆的嫩葉兀自被蟲子咬嚙，但也無人知曉此種消殞，日頭烈烈，萬物暈眩，總有全世界無論何事都正在生長的錯覺。

暑氣何等盛勢，想逼得人老去。

貓步本該無聲，但胖胖最後幾年，膝關節退化，走路時，後腳顯得無力而有些拖沓，踩在磁磚上走路時，竟聽得見聲響，若在夏日，更因不耐高溫悶熱而伴隨著濁重的呼吸聲，只要從盡頭處走來，悄然無聲的家裡就會響起牠的腳步聲，貓的行蹤終究有無法隱匿的一天。貓也會老，小小細細的，生命力一天一天縮減，白毛轉黃，行動變緩，背駝了，以一種小老人的姿態繼續與我們相伴。

胖胖很喜歡草的味道。在牠過世前一年的中元節，家門口擺桌普渡，門於是敞開著，胖胖緩緩地走了出去，聞了水泥地暑熱的氣味，又走去花圃處嗅聞泥土及花草的味道，一步一步，極慢卻又持重優雅地晃了門口的小世界一圈，最後在椅凳下坐定，看著供桌上香煙裊裊，日影西移，涼爽的風逐漸吹來，胖胖眼睛微瞇但也不睡，看著我們忙進忙出，不是好奇的眼神就只是看著，最後牠自己又緩步回屋裡去，走到水杯那裡，習慣性地用敦厚的左腳轉了轉杯子，然後才開始喝水。我記得牠喝了好久。

那陣子很常做夢，有次一場亂夢後轉醒又復睡，夢裡竟出現胖胖小時候的樣子，小小圓圓的，很活潑，像個滾動的小雪球。醒後回想，感到困惑，因為胖胖來到我們家時已是成貓，我從未見過牠小時候的樣子，為何會有此夢呢？

白白的身影，被拘限的自由，一待就是十二年，每日維持快步健走、吃草、喝水的規律生活，以致最後牠火化時，幫牠撿骨的年輕人說：「你們這隻貓應該年紀滿大了喔，不過滿健康的，因為骨頭顏色很白」，說畢，便小心翼翼地將骨頭碎片撿拾進經文罐，罐外蓋著母親準備的往生被，我捧著那罐，口中輕喚胖胖的魂魄，記得回家。那日微雨，中原普渡的前夕，胖胖變成了一個罐子，那麼輕，好不真實。

胖胖去後，工作繁重起來，自安樂死那日有大哭一場外，在餘日裡並未多想，夜晚總無夢，胖胖從日子裡消失了，但也只是這樣，我什麼都不能做，也什麼都無法想，心緒安穩，眼看太平盛世就要來臨。

就在接近冬至之際，有日，老哥撿了隻虎斑小貓回來，說是牠自己跟過來的。小貓的右眼受傷，帶去給醫生看後，說是視力已經無法回復，那隻眼睛等於瞎了，這樣有缺陷的幼獸，母貓約莫不會來尋，我雖然懨懨的，但是老哥似乎頗有興致，於是小貓便被收養了下來。我們叫牠桃桃，是隻公貓，精力旺盛，進來屋裡總是跳上跳下，母親不喜歡，桃桃也不愛待在屋裡，於是將牠養在外面，用一籠子布置睡床、貓砂盆及飼料，不太關，牠想睡覺時自己會吵著要進去籠裡，大多時候，桃桃都在家裡附近自由走動。

有貓的日子過得太久，胖胖走後，老哥說心裡像是一下子空掉了，書也變得讀不太下去。他失業兩年，在家準備考試，但不太順遂，先是父親罹癌，化療檢查、住院開刀，這些事令他疲於奔命，好不容易父親的病告一段落，胖胖卻又突然急病。

二度陷入昏迷時，我正在上班，老哥傳訊告知，說是時候了，他不忍胖胖痛苦太久，不到兩個禮拜，胖胖就從一隻長壽老貓變成一罐白骨，新買給牠的床、飼料與罐頭，都原封不動地擺著，許久許久。老哥變得無心念書，鎮日裡在網路上搜尋貓咪影片，時不時告訴我有哪隻貓好可愛、哪隻貓的影片很好笑之類，直至桃桃來到家裡，老哥才似又恢復了生氣，日日照顧桃桃，使他感到生命終有界限亦是寄託，自己並非無用之人。

生命的有價感受，並非自己追尋，而是與其他物種的相互依存而來。

原本說好，等下一個春天來臨，就要分植一盆鮮綠的西洋梅，將胖胖的骨灰安置在新生的盆裡。但春日過去了，牠的骨灰罐依舊紋風不動地擺在念佛機之旁，一切還是原來的樣子，只有置於罐上的乾燥花圈已然粉脆，花瓣散落於桌面，我拿著抹布，將那些黃褐的零碎掃進垃圾桶裡。夢也變得碎碎的，經常只是片段、沒有顏色的夢，夢裡的我置身於狹小窄仄的廁所，可能是家裡的，偶爾學校，往往一墜夢中，便是被禁閉於陰冷的空間，廁所的門總是打不開或鎖不上，於是我害怕，害怕出不去，也害怕外頭的一切闖進來，我只想固守舊地，縱使世界如此密閉。

春之初，老姊的腹內有了新生命，原以為年輕這一代都不會結婚生子的家裡，也懵懂慌亂地開始操辦起婚事來。父親與老哥皆無婚宴可穿的西裝，我們遂驅車前往市區訂製西裝，春日午後，店內透進暖得熱人的陽光，父親站在鏡前，被年輕店員一個口令一個動作地測量尺寸，術後父親身形日漸肥碩，似又恢復成化療前的體重，正在進行中的標靶治療對於父親的胃口也無影響，能吃能睡，菸也照抽，就等孫子降生便成就一個爺爺地位了，因此布料剪裁都得選寬鬆透氣的為宜。老哥與我同瘦，店員為他選定時興的韓風合身樣式，說是會各送一條領帶，等西裝做好了再一起挑。

回程時，我先至市場附近的理髮店剪頭髮，店裡沒人，而我原本就髮量稀少，很快便剪畢，之後沿著街道漫步回家。路旁有一片眷村舊舍人去樓空，無人看顧，遂被藤蔓與荒草長成一廢墟的半原生姿態，棄置於春光裡，竟有一種生猛的力道。剛被理淨的髮絲順著風向輕飛，突然間，呼吸裡聞到了空氣的味道與量感，這是以往從未有過的，即將降生的新生命令人躁動，彷彿此刻才懂得了呼吸，我繼續走，有種一切皆在重生的新鮮之感。

但就在訂婚宴的前一個禮拜，桃桃不見了。

半歲多的公貓，迎來的第一個春天已開始發情。那幾日桃桃習慣在夜霧裡嘶叫，聲音裂裂，聽起來總有幾分愁怨之感，不知是否因為一隻眼睛失明的關係，牠在附近的貓圈中似乎被排擠了出來，獨自嬉戲，獨自嚎叫，經常沒有回音，也無貓靠近，只有一對黑白貓常來與桃桃作伴，可約莫是因為此處有食可吃，大多時候，黑白兄妹都是彼此依偎在一起睡覺或玩耍，不太與桃桃互動。春日來臨，桃桃的臉多了鬱悶，試圖靠近附近的母貓，總被哈氣喝叱而退，於是牠尾巴低垂，帶著只有一隻明亮的眼睛與不討喜的叫聲，苦苦想尋找伴侶。就在某一晚牠又出去尋找同類後，隔天早上並沒有回來討吃，一日兩日過去，桃桃始終沒有回來。

老哥在附近喊牠，上網查找資料，皆尋獲未果，馬路上也無遭遇路殺的貓屍，桃桃似乎就這麼消失了。幾天後有日下班回家，發現桃桃的貓籠、貓砂盆已經清洗乾淨，靠在外頭的牆上晾乾，老哥似乎是想經由清整桃桃的用品，逼迫自己此番要快點接受貓又再次從生活中消失的事實。桃桃不會回來了，沒吃完的罐頭與飼料丟掉也是浪費，餵完附近的流浪貓後就別再買了，老哥如此說，彷彿下定決心不再豢養任何東西。

婚宴順利舉行，老姊腹裡的小孩也一日日健壯活潑起來，以往的飄渺不定終有安穩下來的一天，船已靠岸，有一個新生命正在孕育，等著被餵養與照護，人生的企盼僅此而已。

餘下的飼料餵完後，那對黑白貓還是日日來叫，幾天沒餵，便明顯地身形消瘦，似乎不會過個馬路去到別戶人家翻找食物。有貓的日子還沒完，於是我拿著錢包準備出門去買飼料時，老哥又說，他去買就好。

日子消停，生命來了又去，我們無法習慣，但依然一直重複著伴隨豢養而來的撕裂與癒合。人類何其渺小又無聊，為自身存在，建立起許多的牢籠與制度，以為安全而愉悅。

暑假過了大半，聽說這是有史以來最熱的一個夏天，白日裡家裡溫度高達三十三度，老姊遂漸漸選擇在晚上涼爽時才回來，看她手扶腰、挺著肚子喊腰痠，還真是有幾分為人母的樣子了。天氣越近胖胖的週年忌日越發溽熱，父親總在傍晚時拉著水管替門前的盆栽澆水，一股青草味夾纏地熱，從門外飄散進來，新聞正報導著一行標題：「哥斯大黎加正在關閉動物園」，大意是說哥斯大黎加宣告它將成為全世界第一個關閉動物園和釋放囚禁動物的國家，籠子逐漸被捨棄，再過十年，這個國家將不會再有動物園。

我想起在網路上看過的一張照片，那是野生動物急救站進行野放一隻山羊時所拍下的照片，當牠走出運輸籠、即將隱沒在樹叢裡前，匆匆轉頭一瞥，確認人類沒有尾隨後，便快速地沒入山林裡，那一眼不是依戀，而是充滿了警戒，工作人員的輔助說明如此敘述。唯有對人類保持戒心才得以自由，世界竟至如此，物種的生存須懂得避開人類可抵的路徑，否則只能滅絕。這世上被我們活得如此擁擠，到處都是被產業道路切割而拘限的自由，人類本該孤獨，但總有小小的生命來到我們的日常裡，駐足觀望，偶爾停頓，甚或失去更大的空間與自由，只為滿足撫慰人類淺薄又易碎的無聊心靈。總是如此，貧乏又自以為純善地想像其他生命的生存樣態，然後忙著哀悼自己的傷口，慌亂地想抓取什麼來填補它。

人類的心靈總是在一切之上，那麼不容置疑，何其任性。在多霧的夜晚，我總不免想像桃桃被我們豢養時快樂與否、乃至失蹤後的去處，但往往是徒然，我無從得知真實，所有的死生心緒都只能在我內裡，桃桃就是去了。哀傷聯翩翻飛，我沒出息地祈求於夢，可一睡下便是直墜清晨，夢被桃桃拒絕了，物種的毀滅堅拒入夢，要以清醒之姿，直搗白日裡安逸的意識柵欄。自由，對於其他物種而言，或許即是自人類的情感想像與幻夢裡逃逸，才能得以真正的自由。

日子壞透了，門前新生的蝶豆因為熱浪來襲，估計又要被種死。母親至後院鏟土裝盆，說要重來。生生滅滅，斷續復旋，就這樣得到又失去，日頭曬得人無影無夢，而胖胖的骨灰仍未入土。打算等下一個春日，再植一盆新綠，母親說了，總會發芽的。

九歌文庫 1272

世界是野獸的

作者	楊莉敏
責任編輯	張晶惠
創辦人	蔡文甫
發行人	蔡澤玉
出版發行	九歌出版社有限公司 臺北市105八德路3段12巷57弄40號 電話／02-25776564・傳真／02-25789205 郵政劃撥／0112295-1
九歌文學網	www.chiuko.com.tw
印刷	晨捷印製股份有限公司
法律顧問	龍躍天律師・蕭雄淋律師・董安丹律師
初版	2017年12月
定價	**260元**

書號　F1272
ISBN　978-986-450-158-8
（缺頁、破損或裝訂錯誤，請寄回本公司更換）

國家圖書館出版品預行編目資料

世界是野獸的 / 楊莉敏著. -- 初版.-- 臺北市：
九歌, 2017.12
面；14.8×21公分. --（九歌文庫；1272）

ISBN 978-986-450-158-8（平裝）

855　　106020363